Vollopfer

Frank Köhnlein

Vollopfer

Ein Hepp-Roman

WÖRTERSEH

Die Handlung und die handelnden Personen dieses Buches sind frei erfunden. Jede Ähnlichkeit mit toten oder lebenden Personen oder Persönlichkeiten des öffentlichen Lebens ist nicht beabsichtigt und wäre rein zufällig.

Lektorat: Jürg Fischer, Zürich
Korrektorat: Andrea Leuthold, Zürich
Umschlaggestaltung und Fotos Umschlag: Thomas Jarzina, Holzkirchen
Layout und Satz: Lucius Keller, Zürich
Herstellerische Betreuung: Rolf Schöner, Buchherstellung, Aarau
Druck und Bindung: CPI – Ebner & Spiegel, Ulm

Print ISBN 978-3-03763-038-9
E-Book ISBN 978-3-03763-545-2

www.woerterseh.ch

FSC www.fsc.org
MIX
Papier aus verantwortungsvollen Quellen
FSC® C006701

Den Kindern und Jugendlichen,
von denen ich das meiste gelernt habe.

1

Wieder alles voller Blut. Und halbe Andreasgräben in den Unterarmen, keine zwei Stunden vor dem Freischütz. Das wird jetzt aber eine Herausforderung, meine Herrn: Wunden versorgen, Gespräch, Notfallmaßnahmen mit dem Team besprechen, heimfahren, schnell Pizza, Kuss, Rasieren, Umziehen, Kuss, Oper. Der Hepp hat sich die geschundenen Arme von der Yasmin genauer angeschaut, und er hat gedacht, so wie das aussieht, kann ich jetzt ja immerhin die Pizza auslassen, das spart fünf Minuten. Er musste an die landkartengroßen Schnittmusterbogen denken, die seine Mutter früher immer aus der »Brigitte«-Zeitung herausgeklaubt hat. Aber soweit er sich erinnern konnte, hatte seine Mutter vor ihren Schnittmusterbogen nie so trotzig gesessen. Aber auch nicht so vorwurfsvoll und dabei aber auch stolz und elendig, halt so wie die Yasmin jetzt. Gut, ein blutiger Schnittmusterbogen auf den eigenen Unterarmen ist auch etwas anderes als »Lustiges Pilzkostüm Größe 98«.

Das war natürlich kein Zufall, dass die Yasmin genau jetzt mit ihren rot geschlitzten Armen dasaß. Der Hepp hätte sich jetzt eigentlich nachträglich auf die Zunge beißen müssen, aber das würde ja auch nichts bringen, und außerdem reicht es, wenn eine sich an sich abarbeitet. Natürlich, das hat der Hepp schon gewusst: Es war falsch gewesen, launig anzukündigen, dass er jetzt gehen würde, weil er heute Abend – trallala – in die Oper eingeladen sei. Aber wie das halt oft so ist: Da hast du zwanzig Jahre lang studiert und gelernt und Erfahrungen gesammelt wie das reinste Eichhörnchen seine Nüsschen, und dann vergisst du grad, was du wo vergraben hast, und du machst genau das, wovor du die jungen Assistenten immer warnst, zum Beispiel: Sag der depressiven Selbstverletzerin, dass du es heute Abend vielleicht schön haben wirst, und schon geht sie los, die kurzweilige Freifahrt durch die Hölle, und du darfst ganz vorne sitzen. Zumindest wenn sie dich irgendwie mag. Und ohne zu viel zu verraten: Die Yasmin mochte den Hepp, auch wenn sie gesagt hat, er ist genauso ein Vollopfer wie die anderen. Klar.

»Aua.« Der Hepp ärgerte sich, und das kann ich jetzt sogar verstehen. Fünfunddreißig, ach was, fünfzig Schnitte mit dem Japanmesser, kreuz und quer (vor allem quer), die alten, wulstigen Narben wieder aufgeschnitten und auch gleich noch für ein paar neue gesorgt, aber kaum kommt der Herr Doktor mit dem Desinfektionsmittel, schon wird gejammert, aua, das brennt. Der Ärger war jetzt zwar ein bisschen unprofessionell vom Hepp, weil er hat ja gelernt, dass man immer wertneutral sein soll, vor allem bei Notfällen, wenn man zum Beispiel solche Schnittmusterbogen versorgt. Aber dafür war dem Hepp sein Ärger irgendwie ehrlich, weil, natürlich, der Hepp war dafür bekannt, dass er die Jugendlichen mit offenen Armen empfängt, aber das müssen die doch nicht so wörtlich nehmen.

Also, der Hepp ärgerte sich, und jetzt, was machen Psychiater, wenn sie sich ärgern? Sie machen das, was sie am besten gelernt haben, nämlich Fragen stellen – es sei denn, sie sind

Psychoanalytiker, dann stellen sie auch eine Frage, vielleicht jedenfalls, aber sie sagen zuerst »Mhm« und schweigen so ein bisschen, dass man als Patient grad meinen könnte, der Herr Doktor hat eine rechtschaffene Narkolepsie, also so Schlafanfälle. Der Hepp nur so halb Psychoanalytiker, und selbst wenn Vollpsychoanalytiker, hätte er wahrscheinlich jetzt auf das »Mhm«-Zeug verzichtet, weil beim Freischütz fangen sie einfach an, die ziehen den Vorhang hoch, und los gehts, da fragt keiner, ob der Herr Doktor Narkoleptiker, Psychoanalytiker oder doch tot.

»Was war denn los, Yasmin?« Jetzt müssen Sie wissen, dass Psychiater manchmal Fragen stellen, auf die sie gar keine Antwort erwarten, weil das ist anders als bei der Fleischereifachverkäuferin, wenn die fragt: »Darfs ein bisschen mehr sein?«, dann erwartet sie, dass man »Ja« sagt und nichts anderes, weil sie sonst diesen Fleischwurstfutzel nochmal in noch unverkäuflichere Stücke aufteilen muss. Bei der Fleischereifachverkäuferin musst du etwas antworten, sonst murren die Leute hinter dir, und die Fleischereifachverkäuferin denkt, ich habe eigentlich nie Fleischereifachverkäuferin werden wollen, sondern Topmodel.

Aber beim Psychiater ist es oft so, dass der die Antwort gar nicht so wichtig findet, weil entscheidend ist, was du selber denkst, wenn er dich fragt: »Kommen Ihnen da vergleichbare Situationen aus Ihrer Kindheit in den Sinn?« Und wie du zur Antwort kommst. Je nachdem weiß der Psychiater nachher, ob du zwanghaft, paranoid, depressiv, schizoid oder alles zusammen bist oder ob du zu den drei Prozent Normalen gehörst. Ich weiß jetzt nicht, ob Sie das verstanden haben, es ist aber auch nicht so wichtig.

Jedenfalls wäre der Hepp wahrscheinlich sogar eher erschrocken, hätte die Yasmin jetzt etwas gesagt, oder sagen wir so: etwas anderes als »Ist doch egal«. Yasmin hat nicht einmal das gesagt, und auch das ist halt so, überhaupt, wenn man es mit Jugendlichen zu tun hat, dass du meistens gar keine Antwort bekommst oder eine Antwort, die noch blöder ist als gar keine, also irgendwie »Nerven Sie nicht« oder »Mann!« oder auch mal »Oh, wow, chillen Sie«.

Der Hepp hat jetzt aber natürlich schon nicht gedacht, dass er ja eigentlich lieber Topmodel hätte werden wollen als Jugendpsychiater, ich meine, der Hepp war ja auch Realist. Nur, irgendwas musste er hier ja sagen, wenn die Yasmin so als Pietà vor ihm saß, nur ohne Jesus, aber dafür mit Wundmalen, da wäre das Publikum von Oberammergau schreiend davongelaufen, das hätte für zehn Jahre Passionsspiele gereicht.

Eigentlich klar, dass der Hepp keine Antwort bekam. Der Hepp war mit keiner Antwort sogar noch recht gut bedient. Und wenn der Psychiater keine Antwort bekommt, dann ist das manchmal noch praktisch, weil dann hat er mehr Zeit zum Nachdenken, und das kommt ja dann dem Patienten auch wieder zugute, so wie wenn der Chirurg eine kleine Rauchpause einlegt, bevor er dir die Bypässe ans Herz bastelt, dann ist er nachher schön entspannt, wenn er den nervösen Medizinstudenten fragt, ob er denn wenigstens den Namen der Hohlvene nennen kann, bevor er sie mit seinem OP-Haken plump durchlöchert (Vena cava inferior).

Also, eine Art Rauchpause für den Hepp: Wer hatte denn hier eigentlich das größere Problem? Gut, der Hepp hatte schon ein Problem. Genauer gesagt sogar zwei. Erstens: In knapp zwei Stunden geht der Vorhang hoch, weil der Max sitzt jetzt schon vollgepumpt mit Betablockern in der Garderobe, der trifft nicht einmal mit den Freikugeln, so wie der den Zitterer hat. Und zweitens: Habe ich zu Hause noch Gallseife? Weil mit Rei in der Tube kriegst du Jugendlichenblut auf der Jeans nie und nimmer weg. Leidige Erfahrung. Aber das waren nicht die größeren Probleme. Die hatte ohne Zweifel die, die jetzt den Hepp anschaute, und zwar so vorwurfsvoll, als hielte der Hepp nicht das Desinfektionsspray, sondern das blutverschmierte Japanmesser in der Hand. Ja, der Hepp ärgerte sich. Aber das wusste er natürlich, bei den Ritzern passiert dir das laufend. Ohne etwas getan zu haben, bist du schuldig; zumindest fühlst du dich so. Du wärst sogar schuldig, wenn es dich gar nicht gäbe, keine Ahnung, zum Beispiel weil es dich nicht gibt. Und jetzt war der Hepp schuldig, dass es der Yasmin wehtat.

Yasmin war okay, nein, er mochte Yasmin. Psychiater haben ja keine »Lieblingspatienten«. Natürlich haben sie es trotzdem, aber keiner würde es zugeben. Kein Chirurg der Welt operiert gerne Leistenbrüche. Alle wollen sie Herzkranzgefäße oder Bauchspeicheldrüsentumoren. Kennen Sie einen, der mit Begeisterung auf dem Golfplatz posaunt: »Heute habe ich wieder sieben Leistenbrüche gemacht, davon zwei indirekte, fünf direkte«?

Aber Herzkranzgefäße, ja, Herzkranzgefäße, da bist du der Held abends beim Volleyball. Wahrscheinlich spielen die alle nur deshalb Volleyball, um sozusagen nebenbei über die Herzkranzgefäße zu plaudern. Bauchspeicheldrüsentumoren, Aortenaneurysmen, auch mal ein amputiertes Bein, kindskopfgroße Gebärmuttermyome, keine Frage, damit ist der Respekt deiner Golfpartner sicher, und das Handicap ist eigentlich schon egal, weil der Herr Doktor.

Ich meine, als Psychiater bist du sowieso nie der Held. Der Psychiater ist der Facharzt für Antihelden schlechthin. »Heute habe ich wieder drei Depressive getröstet«, oder: »Mein Patient, von dem ich dir vor einer Woche erzählt habe, weißt du was, der sieht jetzt keine roten russischen Panzer mehr. Nur noch so rote russische Kübelwagen. Gut, oder?« Damit kannst du nicht einmal eine Kegelrunde kurz vor dem Korsakow-Syndrom stummstellen. Und bevor Sie jetzt lange »Korsakow-Syndrom« in Ihrem Pschyrembel nachschlagen oder in Wikipedia, lassen Sies, es ist egal.

Deswegen spielen Psychiater jedenfalls auch nicht Golf, sondern höchstens Squash oder, noch besser, sie gehen tauchen. Der Hepp hörte bestenfalls: »Also ich könnte das nicht.« Und damit konnte er schon froh sein. Obwohl es natürlich nichts anderes heißt als: »Was hast du dir denn da für einen Schrott rausgesucht, das will doch kein Mensch machen, du idealistischer Vollochse? Den ganzen Tag jammernde Depressive, Napoleon-Weltretter oder CIA-Opfer? Das will doch keiner in seiner Praxis rumsitzen haben.«

Ein wenig konnte der Hepp das sogar verstehen. Als seine Mutter das Leben um sich herum noch mitbekommen hatte und noch ihren Namen wusste, als der Hepp auch noch sichergehen konnte, dass sie ihn in eine sinnvolle Verbindung zu ihr zu bringen vermochte, da hatte sie gerne und oft, eigentlich sogar permanent, zumindest dann, wenn der Hepp von seiner Arbeit erzählte, einen lakonischen Schuldspruch gefällt, und darin waren mütterlicher Vorwurf, Enttäuschung, Unverständnis, Ärger und eine Spur Langeweile in nur acht Worten kondensiert: »Du hast es dir ja selber ausgesucht.«

Jetzt werden Sie nachgezählt haben und sagen: Das sind aber nur sieben Wörter, falsch geschrieben, da geh ich zum Buchladen zurück und reklamiere, so gehts ja nicht. Aber es wäre schade, weil das Buch wird noch ein bisschen spannender, und jetzt lesen Sie doch mal kurz weiter, weil das achte Wort kommt schon noch, es ist nur gar nicht wichtig, jedenfalls solange Sie noch keine Psychoanalytiker sind, weil die Mutter vom Hepp hat immer noch drangehängt: »Bübchen.« Ehrlich! Als der Hepp das mit dem »selber ausgesucht« verstanden hatte, da hat er aufgehört, von seiner Arbeit zu erzählen, und stattdessen über Mutters schöne neue Geranien geredet. Bald darauf wusste Mutter aber auch nicht mehr so ganz genau den Unterschied zwischen Geranien und Germanien, und seither redete Hepp mit seiner Mutter über andere Dinge.

Aber natürlich war die Enttäuschung seiner Mutter, dass ihr Bübchen nur Psychiater geworden war und nicht Neurochirurg, längst bei ihm angekommen, da half auch ihre Demenz nichts (bei ihm selbst war es ja gottlob noch nicht so weit).

Wenn Sie jetzt schon ein bisschen Psychoanalyse verstehen wollen, dann merken Sie sich einfach mal das Wort »Introjekt«, das ist nämlich genau so was, dass zum Beispiel Werte oder Vorstellungen davon, wie es sein sollte, in einen hineingelangen, selbst wenn sie gar nicht so recht zur eigenen Persönlichkeit passen, eben beispielsweise durch die Eltern, oft sogar über viele Generationen hinweg.

Wirksam ist so was auf alle Fälle, denken Sie nur daran, wie oft Ihnen in den Sinn kommt: Meine Mutter würde jetzt sagen … Wenn das bei Ihnen nicht so ist, gut, dann halt nicht, vielleicht haben Sie ja auch bei Ihrer Analytikerin Zigtausende investiert, um die Introjekte loszuwerden, aber beim Hepp war es schon ab und zu so, obwohl er eigentlich wusste, dass er genau das Richtige herausgesucht hatte; er war gerne Kinderpsychiater, Introjekt hin oder her, und er war sogar überzeugt, dass er das auch ganz gut machte.

Lieblingspatienten. Der Hepp mochte diese verhockten, maulfaulen, vorwurfsvollen, trotzigen Jugendlichen. Yasmin war auch eine davon. Und wie die meisten war sie dahinter einfach auch himmeltraurig, aber wer es wagte, ihr gegenüber das anzusprechen, ui, das versprach eine bunte Auswahl fäkaler Spezialbegriffe, da hast du mit einem Mal das Gefühl, jemand liest dir einen proktologischen Untersuchungsbericht vor, Darmspiegelung, aber noch dazu in Jugendsprache. Da musste selbst der Hepp vorsichtig sein. So viel Klärschlamm, wie die über dich ausleert, dachte der Hepp oft, kannst du abends nicht einmal mit der neuen Tropical-Rain-Air-Dusche abduschen, die sie vor einiger Zeit hier im Keller installiert haben.

»Also, Yasmin, was war los?« Alter Trick: Frage einfach wiederholen, wenn sie dir nicht beantwortet wird, aber mit Pause dazwischen. Dem Hepp war es ernst. Für einen Moment hatte er den Freischütz vergessen, obwohl er bereits in eindreiviertel Stunden neben dem schwitzigen Pharmavertreter in der Oper sitzen sollte. Nein, ihn interessierte wirklich, was los gewesen war, weil beim Freischütz weißt du ja schon längst, wie das rauskommt, Max und Agathe kommen zusammen, obwohl der Max beschissen hat und so weiter.

Aber Yasmin oder überhaupt all diese merkwürdigen Jugendlichen hier, das war immer wieder Uraufführung. Jeden

Tag eine Premiere. Nur heute blieb der Vorhang zu, weil Yasmin: »Glauben Sie echt, ich hab das gemacht, um es mit Ihnen zu besprechen?«

»Na ja…«

Zweiter Trick. Psychotherapie Grundausbildung: Bekommst du eine Frage gestellt, die du nur falsch beantworten kannst, spiel den Ball sofort zurück, sag »Na ja« oder »Je nachdem«, oder – auch gut – sag: »Ja und nein.« Und tatsächlich, was hätte der Hepp denn auch sagen sollen? Alles wäre falsch gewesen, denn hätte er »Nein« gesagt, die Yasmin wäre ärgerlich oder traurig oder enttäuscht oder alles gewesen. Zu Recht, dachte der Hepp, weil die Selbstverletzer wollen ja eigentlich alle, dass man mit ihnen darüber redet. Wenn der Hepp nun »Nein« gesagt hätte, dann hätte die Yasmin das als Beweis verstanden, dass sich eh niemand um sie kümmert. Dann hätte sie wahrscheinlich »Ficken Sie sich« sagen müssen.

Hätte er aber »Ja« gesagt, wäre ihm das auch peinlich vorgekommen: Selbstüberschätzung, Eitelkeit, all diese narzisstischen Dinge, und Yasmin hätte alles drangesetzt, ihm zu beweisen, dass die fünfunddreißig bis fünfzig Schnitte total gar nichts mit ihm zu tun haben, aber gar nichts, und schon gar nichts damit, dass sie möchte, dass er mit ihr redet. Dann hätte sie auch »Ficken Sie sich« sagen müssen, aber ein bisschen anders, aber so wenig anders, dass das nur ein »Psycho« heraushören kann, ob es das eine oder das andere »Ficken Sie sich« ist, keinesfalls ein Kommissar, aber dazu kommen wir später.

Wie auch immer: Das ist ja das Tückische, hat der Hepp immer wieder gesagt, bei diesen Ritzern: Was du machst, es ist falsch. Es ist immer zu wenig, zu viel, zu spät oder zu früh, zu groß oder zu klein. Jedenfalls bist du nachher der Schuldige. Und vorher eigentlich auch schon. Das ist ärgerlich, Jugendpsychiater hin oder her. Es ist sogar noch ein bisschen ärgerlicher, wenn in weniger als zwei Stunden nicht mehr nur die Yasmin, sondern auch noch der Max die Qualen nicht mehr erträgt.

Und dann hat die Yasmin eben doch eine Antwort gegeben, aber was sollte er jetzt damit wieder anfangen? »Sie haben ja gar keine Ahnung. Gar keine.« Und weil der Hepp nichts gesagt hat, aber gar nicht wegen Psychotherapie-Trick drei, sondern weil er seine Finger aus Versehen mit einem Steristrip zusammengeklebt hatte, unterstrich Yasmin das mit einem traurigen »Sie haben null Ahnung«. Und das war so traurig, dass das »Adagietto« aus Mahlers Fünfter voll der Partykracher dagegen ist.

Nun glauben die Leute ja wirklich ein bisschen, dass Psychologen und Psychiater, »Psychos« eben, immer sofort alles verstehen und durchschauen. Das macht die Leute misstrauisch, aber Misstrauen hält ja kein Mensch lange aus, und darum macht es sie schnell auch mal neidisch, und weil das auf die Dauer noch schlechter zu ertragen ist, machen sie dann gerne so komische rotierende Handbewegungen am Kopf, wenn sie hören, dass der Mann, der morgens bei ihnen seine Brötchen kauft, in Wirklichkeit Psychiater ist – aber wenn man genau hinschaut, dann hat man es ja ahnen können, so wie der sein Geld zählt, zum Beispiel, oder mit dieser komischen Einkaufstasche.

Dem Hepp war das egal, oder anders: Er hatte im Laufe seines allseits bemitleideten oder bekopfschüttelten Berufslebens sogar seinen Spaß daran gefunden. Wenn ich schon keine Carotisdissektionen habe, dann wenigstens meinen Psychoröntgennimbus, also sozusagen Doktor Hepp, Seelenradiologe. Darum unternahm er in der Regel auch überhaupt nichts, um den Eindruck seines Allwissens zu zerstreuen, im Gegenteil. Wenn ihn jemand belustigt darauf ansprach: »Oh, Psychiater, dann durchschaust du mich jetzt sicher total«, dann konterte er dieses abgewetzte Klischee mit einem geheimnisvollen Satz wie: »Exakt. Aber oh, was ich da gerade sehe, ist ja sehr, sehr unanständig. Das hätte ich nicht von dir gedacht.«

Keine Ahnung, überhaupt keine. Das hier konnte jedenfalls noch ein wenig dauern, dachte Hepp. Sollte er seinem Chef absagen? »Tut mir leid, Herr Keller, aber bei mir hat sich gerade wieder eine Jugendliche an sich abgearbeitet – es reicht mir nicht pünktlich ins Opernhaus.« Hepp mochte Opern nicht. Und Anlässe wie der heute Abend waren für ihn sowieso falsch; Hepp hatte nicht einmal die richtige Garderobe – von der Einstellung und der Kultur ganz zu schweigen. Ein Pharmariese hatte die ganze Klinikleitung zur Oper eingeladen, einfach so, ohne irgendwelche Hintergedanken, einfach als Beweis der guten Zusammenarbeit oder so ähnlich.

So was mochte der Hepp nicht. Oper mochte er auch nicht. Aber blutige Unterarme und »Ficken Sie sich« mochte er auch nicht so richtig. Wenn er wenigstens ordentlich Psychologie studiert hätte, dann hätte er jetzt gewusst, dass man das einen »Vermeidungs-Vermeidungs-Konflikt« nennt. Aber im Medizinstudium bringen sie dir so was ja nicht bei, sondern nur, wie eine Spongiosaschraube funktioniert und warum die Hodgkin-Lymphogranulomatose eine bessere Prognose hat als die chronische myeloische Leukämie.

Hepp wusste nur, dass er am liebsten jetzt zu Hause sitzen würde und mit seiner Frau »Wer wird Millionär?« schauen. Das schied aber als Option wirklich aus.

»Okay, verstanden: Ich habe null Ahnung. Das soll es auch mal geben. Ich würde aber gerne verstehen, worum es geht.«

Und weil Yasmin natürlich wieder nichts sagte, fuhr der Hepp fort: »Schau mal, Yasmin. Wir haben vier Möglichkeiten: A – Wir reden. B – Wir reden nicht. C – Wir reden morgen. D – Wir reden gar nie darüber.«

»Was soll das?«

Der Hepp fand sich gut; nicht super, aber immerhin gut. Ich meine, das muss einem ja auch erstmal einfallen, wenn dir jemand so unvermittelt den Terminplan durcheinanderwirbelt, vorwurfsvoll blutige Unterarme entgegenstreckt und dir dann auch noch die Hose versaut; Leute wie Sie und ich würden wahrscheinlich nix anderes denken können als »die Power-Formel gegen Ei, Blut, Kakao« oder so. Deswegen dürfen Sie den Hepp jetzt nicht einfach merkwürdig oder albern finden.

»Na ja, Yasmin, das ist eine schwierige Sache, ich glaube fast, ohne Telefonjoker kommst du da im Moment nicht weiter.«

»Gehts noch? Sie spinnen.«

»Schon, ja, aber wenn du das Recht hast, habe ich es auch. Also, ich biete dir an, dein Telefonjoker zu sein. Rufst du an?«

»Machen Sie, was Sie wollen. Psycho.«

»Prima. Klingeling. Yasmin, ich weiß die Antwort leider auch nicht; ich kann nur D sicher ausschließen. Vom Gefühl her würde ich C nehmen, wir reden morgen darüber, aber du musst das selbst … töt töt töt.«

Ja, wenn ich es genau betrachte, haben Sie natürlich recht: Ein bisschen albern war das schon, und wenn ihn jetzt sein Chef gesehen hätte, wer weiß, was da wieder im nächsten Zeugnis gestanden hätte. Aber das war ja im Moment egal, Max im Nacken, das Blut vor Augen und auf der Hose, nur mit dem Desinfektionsmittel und den Wundversorgungsstrips in Yasmins Kommunikationssahara.

»Sie spinnen echt. Egal. Ich nehm C.«

»C, sicher? Soll ich das einloggen? Ohne Ficken-Sie-sich-Joker?«

»Ja, den heb ich mir auf. Für morgen.«

Da hat der Hepp noch nicht wissen können, dass der Telefonjoker elendiglich versagt hat, weil nur A die Katastrophe hätte verhindern können.

Als er dann zu seinem Auto kam, war der Hepp doch irritiert. Jemand musste da einen Zettel am Scheibenwischer festgeklemmt haben. Dafür hatte er nun ja wirklich keine Zeit, aber du kannst ihn ja auch nicht einfach gar nicht lesen, und darum hat er ihn dann doch gelesen, und es war ein Gedicht, Yasmins Handschrift, und es hieß »Ritzen statt Schwitzen«.

Der Hepp hatte wirklich gar keine Ahnung, gar keine.

2

Ich weiß nicht, ob Sie das kennen: Sie hören eine Melodie, finden sie spontan doof, aber schon sind Sie in der Falle: Die Melodie rennt Ihnen nach, als wäre sie ein Schwarm Bienen und Sie ein offenes Glas Biohonig. Das kann mitunter noch lästiger sein als ein mütterliches Introjekt, weil die Introjekte wird man beim Analytiker los, die blöde Melodie nicht. Der Hepp saß in seinem Fiat und summte den Jägerchor. Allen Ernstes.

Er hatte die Oper gerade noch rechtzeitig erreicht, ein strenger Blick vom Chef, schmierige Worte des smarten Pharmavertriebsdirektors, ein bisschen Sekt hier und ein bisschen Oliven da, und dann zweieinhalb quälende Stunden, eingekesselt zwischen dem feisten, schwitzigen Pharmareferenten und dem etliche Nuancen zu stark parfümierten Klinikverwaltungsdirektor. Wahrscheinlich war der Hepp einfach ein bisschen zu traditionalistisch oder ein wenig zu einfältig; der Klinikverwaltungsdirektor fand einen Max im Tiefseetaucheranzug und mit Harpune jedenfalls »eine originelle Interpretation«, und der Pharmareferent hatte so eifrig genickt, dass er fast seinen Pausensekt der jungen Oberärztin Frau Doktor Munder ins deutlich zu großzügig dimensionierte Dekolleté gezittert hätte.

Der Hepp hatte das alles nicht so recht verstanden, aber schließlich war er doch froh gewesen, dass es wenigstens nicht kitschig gewesen war. Und der Jägerchor mochte zwar gewöhnungsbedürftig ausgesehen haben in Bermudashorts und mit Schwimmreifen, aber gesungen hatten sie schön und auch das, was der Hepp von seiner alten Deutsche-Grammophon-Aufnahme her kannte. Also die Melodien hat der Hepp zumindest erkannt.

Jetzt saß er also im Fiat und summte. Um ehrlich zu sein, summte er nicht nur, sondern er sang vor sich hin. Leise, aber ohne Scham. »Was gleicht wohl auf Erden dem Jägervergnügen...« So etwas machen Menschen ja gerne, wenn sie sich in geschlossenen Kleinräumen unbeobachtet oder ungehört fühlen dürfen; Dusche, Auto oder beim Kelleraufräumen. Stop and go, an der dritten Ampel endlich beim »Juhu fallala lallala lallala lallala« und natürlich die Frage, wie lautet der Text eigentlich wirklich?

Eigentlich war er ja auch irgendwie ein Jäger, dachte der Hepp. Vielleicht kein ganz typischer, also mit Bermuda-Shorts und Schwimmring, hahaha. Auch nicht mit Gewehr und Gamsbart am Hut. Aber irgendetwas jagte er ja auch nach, ich meine, was machen Psychiater denn anderes den ganzen Tag? Fährten lesen, der wilden Psychose nachsteigen, sie im Dickicht ausmachen und dann mit dem Neuroleptikagewehr mannhaft erlegen. Oder der Neurose eine Falle stellen, in die sie unweigerlich hineintappen muss. Und dann weidmännisch zerlegen, weil jetzt lernen Sie wieder etwas: Psychoanalyse, schon einmal nachgedacht, was das heißt und warum es nicht Psychokatalyse heißt? Schnell nachschlagen. Eben. Die Ampel auf Grün.

Warum wird einer eigentlich Psychiater? Da quält man sich sechs, sieben Jahre durch das Medizinstudium, lernt etwa zweihundertzehn Knochen mit ihrem lateinischen Namen und an jedem dieser Knochen noch etwa vier bis fünf Vorsprünge, Vertiefungen oder Löchlein, auch alle auf Lateinisch, kennt mindestens fünfzehn Leberwerte und dreihundertsiebzig Bakterien, und dann kurz vor dem definitiven weißen Kittel schert man aus und wird Psychologe. So sagen das ja immer die Leute, weil sie den Unterschied zwischen Psychologen und Psychiatern nicht kennen.

Die alte Chondrowski, eine mittelmäßig gut aussehende und genauso operierende, etwas übermäßig den geistigen Getränken ausgelieferte Oberärztin in der Chirurgie, die hatte den Hepp am OP-Tisch mal gefragt: »Hepp, warum werden Sie denn Psychologe und nicht was Gscheites?« Und der Hepp war froh, dass für Medizinstudenten am OP-Tisch gilt: Haken und Maul halten.

Aber das war natürlich schon so eine Sache mit dem Gscheiten: Thomas, sein Studienkollege, hatte ihm vor drei oder vier Jahren bei einem Alumni-Treffen jovial zugeprostet, und dann hatte er gesagt: »Kinderpsychiater bist du geworden, Paul? Das ist gut, das passt zu dir, Paul. Die Kinder reparieren, die die Eltern verhunzt haben. Das passt zu dir, echt.« Und dann hatte er ihn so extrem unangenehm mit dem Ellenbogen angebufft, und der Hepp hätte am liebsten sein kleines Zitatenschatzkästlein aufgemacht und dem Thomas etwas davon zur Verfügung gestellt. Aber der Hepp war ja Profi in Kommunikation und gratulierte dem Thomas zu dessen Klinikeröffnung, denn der Thomas hatte es wirklich geschafft, der hatte seine private Venenklinik direkt am Zürichsee eröffnet, und er galt schweizweit als absoluter Spezialist für Krampfadern.

Was würde er denn heute jagen, sinnierte der Hepp im Kreisverkehr, und dabei passierte es ihm zum allerersten Mal überhaupt seit acht Jahren, dass er die richtige Ausfahrt verpasste, und da musste er eben noch eine Runde drehen. Und weil er danach immer noch keine richtige Antwort gefunden hatte, drehte er gleich noch eine freiwillige Runde hinterher. Das gefiel ihm.

Was, wenn er den ganzen Tag in diesem Kreisverkehr bleiben würde, einfach das Lenkrad immer links einschlagen? Irgendwann suchen sie ihn dann, Caroline, seine Frau, zum Beispiel, die würde mit dem Fahrrad losfahren, und dann würde sie ihn im Kreisverkehr finden, alle anderen Autofahrer der Welt sind längst zu Hause und schauen »Wer wird Millionär?«, aber der Hepp dreht stereotyp seine Runden und denkt nach.

Der Hepp machte eine rotierende Handbewegung über seinem Kopf und nahm die Ausfahrt. Er hatte ja auch seine Antwort gefunden. Das Rotwild des Tages würde Yasmins Gedicht sein. »Ritzen statt Schwitzen«. Er hatte das Gedicht beim Frühstück nochmal gelesen, und Yasmin hatte recht, er hatte wirklich keine Ahnung. Ich meine, haben Sie schon mal Gedichte von Jugendlichen gelesen? Es gibt ja sowieso nur drei Sorten von Gedichten: Gedichte von Rilke – kann man nicht verstehen, man muss aber behaupten, man versteht sie. Gedichte von Fried – versteht jeder. Gedichte von Jugendlichen – verstehen die Autoren selbst nicht.

Obwohl, man könnte meinen, man versteht diese Gedichte schon, aber die Wahrheit ist immer eine ganz andere.

Das ist aber zu kompliziert zu erklären. »Ritzen statt Schwitzen«, was sollte das bedeuten? Hepp stellte den Motor ab und kramte nochmal den Zettel hervor. Yasmin hatte mit roter Tinte geschrieben, und einen Moment lang hielt Hepp es für möglich, dass es gar keine Tinte war. Einmal hatte ihm ein Jugendlicher tatsächlich drei Seiten mit Abklatschfiguren seiner frischen Selbstverletzungen in ein Kuvert gepackt. Die haben Ideen.

Ritzen statt Schwitzen
Ich schwitze Blut.
Mühsam wehrte ich mich.
Dann wurde mir warm.
Du fandst es heiß.
Mir war kalt.
Blutschweiß ist Not.
Es ist gut.

Da bringen sie dir in den Psychotherapieweiterbildungen alles Mögliche bei, projektive Identifikation und systematische Desensibilisierung, aber dass sie dir sagen, wie du so was verstehen sollst, das natürlich nicht. Der Hepp hatte sich ja daran gewöhnt, dass er mit so was hier im Waldsonnenheim allein war, und auch in der Klinik gab es niemanden, der ihm da hätte weiterhelfen können.

Wenn er gefragt hätte, über welches Cytochrom eigentlich Sertralin verstoffwechselt wird, da hätte er schon jemanden gefunden, aber »Blutschweiß ist Not«, das stand natürlich in keinem Lehrbuch. Yasmin würde helfen müssen, und wenn sie es selbst nicht so richtig verstand, was ja nicht unwahrscheinlich war, dann müsste man den Sinn eben gemeinsam erjagen.

Aber Yasmin konnte gar nicht helfen, weil sie war gar nicht da. Das war das Zweite, was Irene, die Pädagogin, dem Hepp berichtete. Und es war auch nicht ganz unerwartet, dass sie »auf Kurve gegangen« war, also abgetaucht, abgehauen, verreist, irgendwo, vielleicht beim Kiffen irgendwo gestrandet oder bei einer Freundin. Das war wirklich nicht unerwartet, aber das hat der Hepp erst viel, viel später verstanden.

Das Unerwartete war das Erste, was Irene berichtet hatte, noch bevor er die Tür zu seinem Büro hatte aufschließen können: Wieland, den Heimleiter, hatten sie vor einer halben Stunde leblos im Keller gefunden. Keine Ahnung, ob er tot ist. Und jetzt fielen Hepp auch die vielen Autos im Hof auf: Notarzt, Rettungswagen, Polizei und der etwas peinlich aufgemotzte Mini von Lisa, und das verhieß wirklich nichts Gutes, weil Lisa war nicht nur eine, sagen wir mal, sehr gute frühere Arbeitskollegin, sondern sie war auch die Rechtsmedizinerin.

3

Der Hepp hatte schon viel gesehen, ich meine, wenn man eine Art »Spezialist« für Selbstverletzungsverhalten ist, dann gibt es wohl nichts, was man sich nicht vorstellen könnte. Yasmins Japanmesser war da reinste Wellness dagegen. Da werden nicht nur Scheren, Glasscherben und Messer zum Ausdrucksmittel, sondern auch Lötkolben, Bügeleisen, Feuerzeuge, Beißzangen. Und anderes.

Der Hepp erinnerte sich an eine erwachsene Patientin, die sich mit Lauge das Bein verätzt hatte und dann auf die offene Wunde die innerste Schicht ihres Komposthaufens gebunden hatte. Das, was er nun aber im Keller, genauer gesagt in der Sauna des Waldsonnenheims sah, das war für den Hepp so, dass er sich für einen Moment wünschte, in der Privatklinik von Thomas am OP-Tisch stehen und Haken halten zu dürfen und dabei zuzuschauen, wie sie aus einem monströsen Drogeriemarktverkäuferinnenunterschenkel regenwurmlange und verkochte Blutmaccheroni herausziehen.

Dass Lisa nicht sonderlich gerührt war, nun ja, sie war ja auch Rechtsmedizinerin – und sie hatte das ja schließlich selbst gewählt. Aber er, der Hepp, hatte das nicht gewählt, was er da vor sich sah. So kannte er den Wieland jedenfalls nicht. Dabei sah er vor lauter Sanitätern, Notärzten und Polizisten nur einen kleinen Ausschnitt, und genau in diesem Ausschnitt war laufend Lisas Lockenkopf im Weg.

Und obwohl Lisa heute tendenziell ihren Bad-hair-Day hatte, war das für den Hepp ganz seltsam, dieser Lockenkopf und so, aber wenn Lisas Lockenkopf mal wieder die Sicht freigab, dann sah Hepp vor allem rot, hummerrot. Und das war nun natürlich speziell, weil irgendwie war das, wie wenn du beim Fernsehen die ganze Zeit zwischen einem Julia-Roberts-Film und einem Bericht über Robbenschlachtungen hin- und herschaltest.

Er erfuhr erst später, dass er das Wesentliche gar nicht gesehen hatte. Auch besser so, dachte der Hepp gleich nochmal. Aber davor saß er schon in seinem Büro und wusste nicht so recht, was er mit der Tasse Kaffee anfangen sollte, die er sich in der Küche geholt hatte. Es war ja auch gar nicht er gewesen, der da die Treppen hochgegangen war und ihm Kaffee eingeschenkt hatte. Irene hatte ihm einen Kaffee in die Hand gedrückt, und wahrscheinlich hatte sie den Hepp auch nach oben in sein Büro getragen, weil er konnte unmöglich selbst dorthin gelaufen sein.

Lisa war schließlich gekommen, Stunden, ach was: Jahre später, würde er vermuten, und sie waren weit weg von einem Dialog, wie er jetzt in einem Roman stehen würde. Sondern: »Paul, die Kriminalpolizei wird nachher mit dir sprechen wollen. Ich habe dem Poltrone gesagt, dass du eigentlich ein guter Kerl bist, halt ein bisschen kauzig. Ich kenne den Poltrone, der ist ein bisschen … ein bisschen speziell.« »Kommt er denn durch? Oder ist es eh schon Dings?« »Die können das nicht so genau sagen, also ich meine, ob er durchkommt, der Wieland. Der ist total exsikkiert. Der lag die ganze Nacht da drin, glaube ich. Das habe ich noch nie gesehen. Wenn es da die Sicherung nicht irgendwann rausgehauen hätte, dann hätte ich ihn gleich mitnehmen können.«

Der ausgetrocknete Wieland auf dem Beifahrersitz von Lisas Mini, privater Trockenmumientransport durch den Kreisverkehr. Da waren die Wolfsschlucht gestern Abend und der ausdünstende Pharmavertreter Augsburger Puppenkiste dagegen. Von der anderen Sache sprach Lisa gar nicht. Und der Hepp hätte gerne gesagt, man könnte ja mal wieder zusammen was trinken gehen, aber er merkte zum Glück noch rechtzeitig, dass das hier keine »Tatort«-Folge war, sondern eher richtig.

Das andere hat ihm dann der Poltrone gesagt, und das war nun wirklich eklig, weil Lauge über dem Unterschenkel und Kompostwickel drauf, das ist eine Sache, aber Flusssäure dort, wo es delikat ist, das ist schon etwas anderes. Und ob Sie das glauben oder nicht, der Hepp war zum ersten Mal, seit die Irene ihm das Erste gesagt hatte, richtig erleichtert, als der Poltrone sagte, der Notarzt und die Frau Gerichtsmedizinerin hätten erklärt, dass der Wieland das wahrscheinlich gar nicht mitbekommen habe, weil er sonst so laut geschrien hätte, dass alle wach geworden wären, sogar der dicke Phil, und der schlief wegen seiner Apnoe eigentlich wie ein Toter – wahrscheinlich war er sogar nachts tot, der Phil. Aber das bedeutete ja, dass der Wieland das auch nicht selbst gemacht haben konnte – der Hepp hätte das irgendwo noch tröstlich gefunden, und vorstellen hätte er es sich ohnehin können.

Der Wieland war schwer einzuschätzen. Er hatte das Waldsonnenheim vor drei Jahren als Heimleiter übernommen, man hatte es ihm gegeben, weil es ohnehin kein anderer haben wollte, und der Jugendfürsorgeleiter, der Wagenbauer, war richtig froh gewesen, dass der Wieland das auf sich genommen hatte. Da haben sie drum auch nicht so genau wissen wollen, was der Wieland früher gemacht hatte, weil der hatte sieben Jahre Zementlaster gefahren, dann zweiter Bildungsweg und jetzt Heimleiter, aber im Kern war er immer ein bisschen Zementlasterfahrer geblieben.

Drei Jahre war er jetzt also Heimleiter im Waldsonnenheim, und das müsste für einen Psychiater eigentlich reichen, aber so beschämend das ist, bis heute war der Hepp nicht so recht schlau aus dem Wieland geworden. Wieland war Anfang fünfzig, er trat aber wie ein Vierzigjähriger auf, er trug karierte Kurzarmhemden, und bei den Jugendlichen war er manchmal eine Art freundschaftlicher Vater auf Augenhöhe und im nächsten Moment ein Drill Instructor mit der Unberechenbarkeit eines Pitbulls, den sein Halter seit drei Monaten auf vegane Kost gesetzt hat, aber kalorienreduziert. Mit dem Hepp immer korrekt, keine Frage, aber keine Ahnung von dem, was er immer so augenzwinkernd »das Psychische« nannte.

Das führte nicht selten zu Konflikten, in welchen der Hepp zur Not auch mal den Oberarzt heraushängen musste, und der Wieland rächte sich dann, indem er wieder mal aus Versehen eine Jugendliche dringend entlassen musste, während der Hepp dummerweise gerade im Urlaub war. Weil einfach eine Fuhre Zement in den Vorgarten kippen, wie er das früher mal gemacht haben soll, das kann man mit einem

Fachhochschulabschluss und noch dazu als Heimleiter natürlich nicht mehr bringen, das wusste der Wieland.

Der Wieland hatte eine Devise, ein »Karma«, wie er dem Hepp erklärt hat, und da half es auch nichts, dass der Hepp ihm darauf gesagt hat, wenn da überhaupt was passt, dann vielleicht noch »Mantra«, aber eigentlich auch nicht. Ist ja aber auch schwierig mit den ganzen indischen Begriffen. Jedenfalls hat der Wieland dem ganzen Waldsonnenheimteam sein »Karma« bei einer seiner lähmenden, holzigen Weihnachtsansprachen offenbart, und er hat es zum Leitspruch für das kommende Jahr erklärt, aber der Hepp hat gedacht, so was steht nicht mal im Apothekenkalender: »Möglichst vielen nutzen, das ist Utilitarismus.« Der Hepp hat noch gedacht, das ist, wie wenn man einer Fußballmannschaft den Leitspruch über die Kabine hängt: »Ein kugelrunder Gegenstand mit Luft drin, das ist ein Ball.« Aber wahrscheinlich machen sie ja mittlerweile solche Sachen, und wenn ja, dann kommt es aus Japan. Andererseits kann man sagen, was man will, der Wieland hatte halt einfach an der Fachhochschule im Sozialphilosophie-Kurs gut aufgepasst. Das ist an der Fachhochschule eh ein bisschen so, dass du da vor allem gut aufpassen musst, auch wenn du es nicht ganz richtig verstehst, weil man kann das schon »Utilitarismus« nennen, klar, aber so, wie der Wieland das praktiziert hat, hat der Hepp zu so einem »Karma« eher Opportunismus gesagt oder – damit es auch der Wieland versteht: Weicheierei.

Der Wieland hatte Ärger verdient, keine Frage, aber Ärger und Flusssäure über dem Genitale, das ist schon zweierlei. Jetzt wurde er da draußen gerade weggeflogen, und der Hepp wusste immer noch nicht so recht, was mit dem Kaffee geschehen sollte und wie der überhaupt in diese Tasse und wie diese und eigentlich ja auch wie er selbst überhaupt in sein Büro gekommen war.

Der Hepp wünschte sich zurück in den Kreisverkehr, und wenn jetzt sein Lehranalytiker da gewesen wäre, hätte der vielleicht gesagt: »Mhm.« Und das hätte bedeutet, Herr Hepp, das ist jetzt so ein Moment, in dem Sie am liebsten wieder im Uterus geborgen wären, so verstehe ich Ihren Wunsch, im Kreisverkehr zu sein und eben noch keine Ausfahrt genommen zu haben, sondern bedingungslos im Kreis zu drehen – was meinen Sie dazu?

Der Poltrone war aber kein Psychoanalytiker, und deshalb sorgte er für das, was all diese Sozialwissenschaftler und Psychologen das »Hier und Jetzt« nennen. Der Poltrone hatte andere Fragen, fast möchte man sagen, einfachere, jedenfalls üblichere: Nein, der Hepp hatte keine Idee, wer das gewesen sein könnte, aber natürlich, Yasmin war auf Kurve, war das Zufall? Und dass Noel mit Chemikalien experimentiert, das konnte Hepp nicht einordnen, aber er hat es dem Poltrone gesagt, und da war der Poltrone ganz aufmerksam geworden und hat seiner Assistentin gesagt: »Schreib das unbedingt auf.«

Ganz nervös war der Poltrone, und das ist schon klar, wenn du als Kriminalbeamter deine Fälle nicht gelöst bekommst, dann bist du schnell im Innendienst oder in einer Spezialabteilung Steuerkriminalität im Finanzamt, und dann ist Schluss mit Dienstausweis zeigen, und deine einzige Waffe ist der Locher.

»Schreib das unbedingt auf«, wiederholte der Poltrone, und die viel zu blonde und in diesen Beruf offenbar auf eine

Art hineingerutschte Assistentin schrieb es gleich nochmal auf, es konnte ja sein, dass der Chef das zweimal braucht.

»Noel ist Autist, also nicht ganz typisch. Wir sagen dazu autistoid. Eine Autismusspektrumstörung.«

»…spektrumstörung«, hat die Blonde vor sich hingemurmelt, weil es gibt so Leute, die sprechen leise mit, wenn sie schreiben, aber sie merken es mit der Zeit gar nicht mehr, dass das gar nicht leise ist, sondern erstaunlich laut und genauso peinlich. Wie bei denen, die beim Papierschneiden mit der Schere den Mund auf- und zumachen, aber das stört wenigstens nicht, sondern es ist nur ein bisschen wie im Aquarium, nur im Aquarium nennt man es Fisch und bei der Schere nennt der Psychologe das »Mitbewegung«.

»Der Noel, der lebt sehr in seiner eigenen Welt, er spricht kaum, und wenn, dann vor allem mit sich selbst. Er befasst sich den ganzen Tag mit seinen Spezialsachen, Chemie und Fahrpläne.«

»Ich schreib das auch mal auf«, kam die Blonde dem Chef zuvor. Wieso erzähle ich das eigentlich, dachte Hepp, und wer soll den Kaffee trinken, den mir jemand Fremdes eingeschenkt hat? Natürlich hatte Noel auch Flusssäure in seinem Zimmer, es gab praktisch nichts, was der Noel noch nicht angeschleppt hatte, und die Pädagogen waren in den letzten Monaten regelrechte Toxikologie-Experten geworden, die zu sortieren verstanden, was man Noel nur mit geringerem Unbehagen überlassen kann, und dem, was eher etwas für die Männer in den weißen Ganzkörperanzügen und mit den Atemschutzgeräten war.

Flusssäure war in der Zwischenkategorie, für die man noch kein griffiges Handlungskonzept zur Verfügung hatte, und weil jemand meinte, Flusssäure käme doch in jedem Fluss vor, beschloss man, dass Noel die Glasflasche – allerdings mit Betonung der großen Besorgnis – vorerst in seinem Zimmer haben durfte. Der Wieland selbst hatte da sogar zugestimmt, und selbst der besonnene Hepp musste jetzt das denken, was Sie gerade denken.

»Ich kann mir nicht vorstellen, dass Noel damit etwas zu tun hat. Wissen Sie, Autisten bringen niemanden um.«

Die Blonde schaute, als wollte sie fragen, ob sie das auch aufschreiben soll, und der Poltrone schüttelte so diskret den fleischigen, grauhaarigen Kopf, dass der Hepp schon ein Rasterelektronenmikroskop gebraucht hätte, um diese Bewegung auszumachen. Die Blonde aber war derart sensitiv auf den Poltrone justiert, ein lebender Poltrone-Seismograf, sodass einem etliche nicht gerade weit auseinanderliegende Fantasien in den Sinn kommen konnten, wie das wohl mit dem Poltrone und der Blonden mal gewesen ist.

Der Hepp hätte das vielleicht sogar realisiert, aber nicht heute, nicht seit Irenes erster Mitteilung. »Na ja, Herr Doktor, zum Glück ist ja auch niemand umgebracht worden. Bisher.« Und das tönte nach einer Mischung aus Schulmeisterei und Wissensvorsprung.

»Wir werden die Jugendlichen natürlich noch einzeln einvernehmen müssen, das ist ja klar.«

Hepp ließ das durch sich hindurchgleiten. Ebenso das »Da sind wir auf Ihre Unterstützung angewiesen, Herr Doktor«.

Was sollte dieser blöde Kaffee hier?

»Ich werde mir erlauben, Sie auch noch einmal einzuladen, aber wenn Ihnen etwas Wichtiges in den Sinn kommt, zögern Sie bitte nicht, mich umgehend zu kontaktieren.«

Jetzt im Hepphirn: Wie kann einer so reden, wie andere nicht einmal dann schreiben könnten, wenn sie einen Volkshochschulkurs »Erfolgreiche Geschäftskorrespondenz« mit Auszeichnung abgeschlossen haben? Und warum streckt mir die Blonde so aufdringlich die Poltrone-Visitenkarte entgegen, als wäre es ein Ablassschein und ich der schäbige Sünder? Bin ich schon wieder an etwas schuld?

Gut, es hätte ja auch ein Unfall sein können. Keine Ahnung, der Wieland hat gerne Flusssäure-Aufgüsse, und da ist er ausgerutscht, und hoppla, schon schwappt ihm das Zeug über das Erlebniszentrum. Aber wie pervers müsste der Wieland dann sein? Flusssäure-Aufgüsse? Und er, der Hepp, hätte das nicht gemerkt?

Da war der Hepp richtig erleichtert, als er hörte, dass man noch keine Idee habe, wie die Saunatür blockiert worden war und wer sie wieder geöffnet hatte, um Wieland zu behandeln. Ein Unfall war das also nicht. Immerhin.

Der Hepp hatte wieder mal keine Ahnung. Yasmin musste her. Und Noel. Wo war der überhaupt?

4

Ich habe mich natürlich auch gefragt, was eigentlich eine Sauna in einem Jugendheim soll. Da haben Sie schon recht, das gehört doch nicht in ein Heim für schwer verhaltensauffällige Jugendliche. Ein solches Jugendheim braucht einen Tischkicker, ein Trampolin und einen Hasenstall mit verfetteten, verwahrlosten und halbtoten Hasen drin, von denen mindestens einer ein angesengtes Ohr hat, außerdem eine Playstation, bei der der Controller einen abgebrochenen Joystick hat. Aber eine Sauna?

Und bevor Sie jetzt sagen: »Total unrealistisch, da lese ich nicht mehr weiter«, stimme ich Ihnen lieber gleich zu: total unrealistisch. Aber es war eben so im Waldsonnenheim. Wenn ich Ihnen vor zwölf, dreizehn Seiten gesagt hätte, dass das Waldsonnenheim von einem Betonlastwagenfahrer geleitet wurde, hätten Sie es ja auch nicht geglaubt. Es war aber halt so.

Wegen der Sauna also: Der Hepp hatte die Welt nicht mehr verstanden, und der Wieland war selbst ganz erschrocken, als der Wagenbauer vor sechs Monaten mit dem Ingenieur Meschke vom Baudezernat aufgekreuzt war und erklärt hatte, man wolle den ungenutzten Tischtennisraum zur Sauna umfunktionieren, das sei baulich attraktiv, steigere den

Nutzen der Institution und den Wert der Immobilie, außerdem sei vom Vorjahresbudget noch ein kleiner Rest übrig, und wenn man ihn jetzt nicht nutze, dann wäre das Geld weg, und das wäre doch schade.

Und der Wieland, der hatte nur anfangs widersprochen, bis er ein Gespräch mit dem Wagenbauer gehabt hatte; da hat er mit einem Mal nur noch ein bisschen widersprochen, und als er dann auch noch mit dem Meschke gesprochen hatte, da war er plötzlich ganz begeistert von der Idee, und es konnte dem Wieland nicht schnell genug gehen mit der Sauna.

»Paul, das ist wirklich eine gute Sache, wir können die Sauna alle auch nutzen, natürlich jeder für sich, ich weiß ja, was du als Psychiater sonst denkst, gell.«

Für Hepps Kopfschütteln brauchte es da wirklich kein Rasterelektronenmikroskop, aber der Wieland hat es trotzdem nicht bemerkt, oder er hat so getan, als würde er es nicht bemerken.

Keinen Monat später stand die Sauna im Keller, mit allem Drum und Dran, Lautsprecher, Holzkübel, Feuchtigkeitsmesser, Sanduhr, Extra-Isolierung und mit Sternchenhimmel. Aber da hatten sie doch prompt den Alarmknopf vergessen, und um ehrlich zu sein, das war ihnen erst jetzt aufgefallen, wo der Wieland getoastet in der Uniklinik lag. Und bei der Isolierung, da war auch wieder logisch, dass der Wieland niemanden aufgeweckt hätte, selbst wenn er es mitbekommen hätte, wie da jemand mit Flusssäure in seiner Untenrumregion hantiert.

Da war die Lisa mit ihrem Scharfsinn dem Poltrone schon ein paar Lichtjahre voraus: Der Wieland würde sich ja gewehrt haben, dann mussten noch anderswo Spritzer auf der

Haut zu finden sein, und überhaupt, auch in der ganzen Sauna hätte nicht nur der Sternenhimmel von oben herunterleuchten, sondern auch die Flusssäure von den Wänden tropfen müssen, aber das nur nebenbei.

Nun hatten sie also eine Sauna, und dem Hepp wäre es nicht im Traum in den Sinn gekommen, am Arbeitsplatz in die Sauna zu gehen. Obwohl sie eine blickdichte Zwischentür eingebaut hatten zwischen dem Treppenhaus und dem – wie der Wagenbauer sagte – Wellnessbereich, irgendwo hat man ja auch noch ein bisschen Scham.

Da muss jetzt niemand daherkommen und sagen, damals in der Psychiatrischen Uniklinik, als die Lisa noch eine junge Assistentin war und der Hepp war gerade Oberarzt geworden, damals habe er es mit der Moral ja auch nicht so genau genommen. Das war damals etwas anderes, die Lisa brauchte Unterstützung in den anstrengenden Nachtdiensten, Sie können sich das ja gar nicht vorstellen, wie nervenaufreibend das für eine junge Assistenzärztin ist mit diesen ganzen Psychischen. Und da hatte sich der Hepp angeboten.

Die Nachtschwestern hatten das wohl bemerkt, dass der Doktor Hepp sich bei der Frau Doktor Escher besonders viel Mühe gibt, und eine hatte sich sogar zu der Zote verstiegen, die Frau Doktor Escher bekomme zu ihren Nachtdiensten vom Herrn Doktor Hepp immer eine Eiweißspritze. Aber der Hepp bekam das alles nicht mit, schon allein, weil er es nicht mitbekommen wollte.

Jedenfalls war das etwas ganz anderes, als im Jugendheim, in welchem man arbeitet, in die Sauna zu gehen. Der Hepp ging gerne in die Sauna, aber die Vorstellung, dass er da unten schwitzt, während die sich oben ritzen, das ging gar nicht.

Und da fuhr es dann halt dem Hepp doch durchs Hirn, als hätte er sieben Energy-Drinks auf einmal getrunken und als würde er bei »Wer wird Millionär?« gerade von den tausenden silbernen Blättchen eingeschneit und verklebt: Ritzen statt Schwitzen.

Sie werden sagen, das war Ihnen schon lange klar, und ich glaube Ihnen das sogar, aber wenn du mal in so einer Sache mittendrin steckst, dann siehst du es einfach nicht. Das ist, wie wenn du beim Weihnachtskrippenspiel in der Grundschule nur ein einziges Mal in den gesamten quälenden fünfzig Minuten die Triangel anschlagen musst, dann verpasst du genau das, und zwar jeder, auch Sie.

Ritzen statt Schwitzen.

Der Hepp hatte die Fährte aufgenommen, und wenn es nicht so tragisch gewesen wäre, wer weiß, vielleicht hätte er jetzt sogar sein falsches »juhu fallala lallala lallala« gesungen. Innerlich hat er es ja vermutlich eh gesummt. Aber ehrlich: Ich weiß nicht, wie lange der Hepp da noch das Lenkrad hätte links einschlagen müssen, bis er da drauf gekommen wäre. Jetzt war er aber sicher, dass das Yasmin-Gedicht gerade von der Kategorie Jugendlichen-Gedichte in die Kategorie Fried-Gedichte gerutscht war. Und dabei lag der Hepp schon wieder völlig falsch.

5

Dass die Yasmin nicht da war, das bekümmerte den Hepp nicht so sehr. Yasmin war öfter mal auf Kurve, und gerade heute war das ja nicht so erstaunlich. Katzen kommen wieder, wenn sie Hunger haben, sagte die Edda, die Köchin hier im Heim, und auch ohne Universität: Sie hatte immer recht gehabt.

Der Wieland hatte die Yasmin schon dreimal rausschmeißen wollen, aber der Hepp hatte schützend seine Oberarzt-Hand darüber gehalten, und dafür hat der Wieland dem Hepp mal im Sommer die Klimaanlage aus dem Büro genommen, weil sie durch eine neue ersetzt werden müsse, und die komme bereits im November. Yasmin bekümmerte ihn nicht so sehr, es brachte nur seinen Terminplan etwas durcheinander, weil er doch heute im Kreisverkehr einen Jagdplan gefasst hatte.

Besorgt war der Hepp vielmehr darüber, dass der Noel nicht da war. Wenn wir schon bei den Lieblingspatienten sind, dann dürfen wir den Noel nicht vergessen. Der Noel war ein blitzgescheiter, aber eben ein wenig in sich verschlossener Junge, inzwischen auch schon fünfzehn Jahre, hochgeschossen und mit einer Stimme wie der Placido Domingo, wenn er überhaupt etwas sagte.

Die Gespräche mit Noel waren ein wenig seltsam, denn sie liefen immer gleich ab: Noel setzte sich, stand wieder auf, wischte den Stuhl ab, setzte sich wieder und baute seine Fahrplanhefte auf dem Tisch auf. Wäre er nicht so groß gewesen, der Noel wäre regelrecht hinter den Fahrplanbüchern verschwunden.

Der Hepp hatte einmal gefragt, wo er denn solche Fahrplanbücher herbekommt, denn wirklich, hätten Sie gewusst, dass es das heute noch gibt, wo du ja im Prinzip mitten in Djibouti nachschauen kannst, auf welchem Gleis der Nahverkehrszug von Großenbrode nach Puttgarden abfährt (Gleis 1) und ob er Verspätung hat oder nicht. Und der Noel hatte eine Antwort gegeben, die der Hepp nicht verstanden hatte.

Auf jeden Fall hatte der Hepp den Eindruck, dass es von Woche zu Woche mehr Fahrplanbücher sind, aber es gibt ja auch das Phänomen, dass der Berg immer höher wird, je weiter und länger du hinaufsteigst. Erst später hat der Hepp gesehen, dass es uralte Kursbücher waren, die der Noel immer mit sich herumschleppte, da gab es Großenbrode wahrscheinlich noch gar nicht.

Dann sprachen der Hepp und der Noel jedenfalls immer eine Dreiviertelstunde, also eigentlich sprach der Hepp, und der Noel sagte »Ja« oder oft auch »Nein«, und einmal hat der Noel sogar gesagt: »Wenn ich jetzt wüsste, wie das ist, wenn man lachen muss, dann würde ich jetzt lachen.« Und das war für den Hepp eine Sternstunde.

Das müssen Sie schon verstehen, der Thomas hatte ja wahrscheinlich auch jeden Abend fünfzehn, zwanzig zusammengeschrumpelte, aufgeplatzte und zerfetzte Unter- und Oberschenkelvenen in seinem Müllsack und hielt das für eine

Sternstunde der Venenchirurgie am Zürichsee. Und so war der Hepp halt zufrieden, wenn der Noel mal mehr sagte als »Ja« und »Nein«. Oder einmal, als der Noel ihm erklärte, wie das ist, wenn alle sagen, die Ferien seien schön gewesen, nur er, der Noel, wisse gar nicht, was er dann sagen soll, weil doch alles normal gewesen war.

Wenn dem Hepp mal nichts einfiel, dann fragte er den Noel nach dem Unterschied zwischen Batteriesäure und Schwefelsäure oder aber nach der Abfahrtszeit des ICE von Frankfurt nach Köln, und dann war der Noel ein anderer Mensch und vergaß für einen Moment ganz, dass man ihm ja erklärt hatte, dass er eine Art Autist sei. Das waren keine Sternstunden, weil der Hepp ja wusste, dass der Noel das kann und alles weiß, aber er kann halt einfach nicht über Gefühle sprechen, und wahrscheinlich kann er sie auch nicht richtig fühlen, oder er merkt etwas, kann es aber überhaupt nicht einordnen.

Fahrpläne, das waren die Besenreißer-Krampfäderchen, aber die dicken Varizen, das waren die Momente, in denen Noel etwas über sich berichten konnte. Der Hepp mochte den Noel, und darum hatte er dem Wieland erklärt, wenn der Noel jetzt auch noch rausfliegen würde, weil seine Chemiesachen halt doch viel zu gefährlich seien, dann würde er, der Hepp, seine Sachen auch gleich packen.

Der Wieland hatte nichts gesagt, sich nur zurückgelehnt, dabei wahrscheinlich nachgedacht, dass er die Leute von der Stadtgärtnerei zum Laubwegblasen unbedingt auf heute Nachmittag bestellen müsste, wo der Hepp doch so gerne bei offenem Fenster seine Therapiegespräche macht. Aber der Noel war dageblieben, vielleicht auch, weil sein Vater der Filialleiter der Sparkasse war und außerdem im Kirchengemeinderat.

Die Gespräche mit dem Noel, um das fertig zu machen, endeten immer gleich. Noel stand auf, gab dem Hepp die Hand, sagte: »Es war sehr interessant heute.« Und dann setzte er sich wieder. Das war natürlich ein bisschen merkwürdig, aber bitte, was ist schon normal bei Jugendlichen. Und dann musste der Hepp noch eine Zugverbindung mit ihm heraussuchen, aber das Besondere war, rückwärts, also zuerst den Ankunftsbahnhof und dann den Umsteigebahnhof und dann den Zubringerzug zum Umsteigebahnhof und die Abfahrt des Zubringerzuges vom Startbahnhof.

Der Hepp hatte inzwischen einige Übung darin, auch ohne Internet Zugverbindungen rückwärts zu suchen. Wenn das erledigt war – und das konnte je nach Reiseroute und Anzahl der Umsteigebahnhöfe gut und gerne fünf Minuten gehen –, dann stand der Noel zum zweiten Mal auf, klemmte seine Fahrpläne unter den Arm, drehte sich wie ein Leibsoldat des russischen Zaren auf der Stelle um und ging zur Tür. Dort wartete er, bis der Hepp ihm aufmachte und ihn verabschiedete.

So ging das seit über einem Jahr, seit der Noel im Waldsonnenheim war. Und der Hepp war überzeugt, dass das etwas bringt. Noels Eltern übrigens auch. Sie hatten großes Vertrauen in den Hepp, er war ihnen ja auch empfohlen worden von einer Nachbarin, deren Kind ein richtiger Sauhund gewesen war, so hatte sie immer gesagt, und kaum war er beim Hepp, war alles anders, nicht dass er dann plötzlich Flötenunterricht genommen und Briefmarken gesammelt hätte, aber immerhin zerkratzte er jetzt nicht mehr fremde Autos, höchstens dass er mal ein bisschen nasse Erde in Briefkästen warf.

Und das, obwohl der Hepp diesen Jungen nur normal gernhatte.

Nun war heute also der Noel nicht da, die Yasmin war auch nicht da, und da blieb nur noch Jelena. Und Sie werden das jetzt schon komisch finden, der Hepp mochte die Jelena auch. Da werden Sie sich fragen, ja wenn er alle mag, dann sind doch alle Lieblingspatienten, und dann macht es ja auch wieder keinen Unterschied. Im Prinzip würde ich Ihnen jetzt da recht geben, aber wenn ich noch dazu komme, dann kann ich schon noch was dazu schreiben, wen der Hepp eigentlich nicht mochte oder zumindest nicht so sehr wie zum Beispiel die Jelena.

Die Jelena hat es den Erwachsenen nicht so ganz einfach gemacht, sie gernzuhaben. Aber der Hepp war überzeugt, sie wird ihre Gründe haben. Das war ohnehin eine Grundüberzeugung vom Hepp, dass jeder in jedem Moment das subjektiv Bestmögliche tut. Das ist vielleicht nicht so ganz einfach einzusehen, warum es das Beste sein soll, sich mit Nylonfaden die Finger zusammenzunähen, wie das die Yasmin gerne machte, aber wenn man genau darüber nachdachte, dann war es eben wohl doch in dem Moment das Beste, was die Yasmin in ihrer Situation an dem Tag und in der Stimmung tun konnte, weil zum Beispiel besser als von der Autobahnbrücke Steine werfen oder sich selber.

Bei der Jelena war es wie gesagt nicht so ganz einfach, sie gernzuhaben. Sie war bildhübsch und hatte riesige, wache Augen, sie bewegte sich wie eine Angorakatze, und vor allem: Jelena lärmte nie herum. Das war also eigentlich alles so, wie die Erwachsenen das gerne haben. Nur bei der Jelena war es ein wenig speziell, sie war eher das Gegenteil von lärmig, oder um es gleich zu sagen: Jelena war Mutistin. Das ist, wenn jemand gar nicht spricht, und die Jelena war nicht eine elektive Mutistin, also eine, die mit manchen noch spricht, zum Beispiel mit der besten Freundin, mit der Kassiererin im Supermarkt oder mit der Edda, nein, die Jelena schwieg beharrlich und überall, und das ging in der Schule so lange gut, bis die mündlichen Prüfungen kamen, da ist ihnen aufgefallen, dass die Jelena ja wirklich noch nie etwas gesagt hatte, die ganzen sechs Jahre nicht, und dann hat man die Eltern zum Schulgespräch eingeladen, und in dem Moment, als die Lehrerinnen das ansprachen, da fanden die Eltern das in der Tat auch besorgniserregend, obwohl, bei Jelenas Familie war das auch gar nicht so feste aufgefallen, sie hatte eine größere Zahl unüberhörbarer kleiner und großer Brüder, und die Eltern hatten immer einen Haufen Ärger mit den seitenlangen Sozialhilfeanträgen, da haben sie das glatt übersehen, oder sagen wir, da hatten sie glatt überhört, dass die Jelena immer so still ist. Und dann haben sie die Jelena ins Waldsonnenheim gebracht, also zuerst natürlich in die Kinder- und Jugendpsychiatrie, und dann aber schnell ins Waldsonnenheim, weil dafür hatten sie in der Kinderpsychiatrie keine rechten Medikamente, dass eine wieder redet.

Die Jelena war wenigstens da heute, und der Hepp war richtig froh, dass immerhin irgendetwas noch normal war. Aber wie die Jelena so bei ihm saß, da hatte er das Gefühl, so schweigsam wie heute war sie irgendwie noch gar nie gewesen, die Jelena. Es war, als hätte sie die Worte heute gar nicht erst mitgebracht, sondern in ihrem Zimmer gelassen.

Der Hepp hatte nämlich immer die Vorstellung, die Jelena bringt die Worte schon mit in sein Büro, aber wo und wie sie sie finden und zeigen könnte, das hatten weder er noch sie bisher herausgefunden. Das war ein Teil der Jagd, weil manche Jäger schicken sie in die Savanne, und dann schießen die durch den Zaun einen von den zehn Löwen ab, denen sie vorher Valium gegeben haben, macht dann 35 000 Dollar, und andere Jäger, die sagen sich, ich will diese kleinen Rammler aus dem Unterholz aufspüren, das sind halt Unterschiede; aber eigentlich dachte der Hepp da gar nicht an die Jagd, es wäre ihm sonst vorgekommen, als säße er auf seinem eitlen Hochsitz und würde nur warten, bis das erste Wort an der Waldlichtung auftaucht, peng, da wird es vom Hepp fachgerecht erlegt. Das wollte er auf keinen Fall, und so waren die einseitigen Gespräche – oder Ihnen kann ich es ja offen sagen: Heppmonologe – ganz vorsichtig, mit ein paar Ideen vom Hepp, manchmal mit einem kleinen Nicken oder einem Kopfschütteln von der Jelena.

Probedeutungen, würde der Psychoanalytiker da sagen, und damit meint er: Man kann es ja mal versuchen. Wenn ich über die Jahre dreihundert, vierhundert Interpretationen liefere, wie man Jelenas Schweigen verstehen könnte, wer weiß, mit einer gewissen Wahrscheinlichkeit ist die richtige schon irgendwann mal dabei – vielleicht. Dabei wusste der Hepp ja gut genug, dass die meisten Mutisten einfach Angst haben, Angst vor Menschen, Angst davor, sich zu zeigen.

Umso erstaunlicher also, dass die Jelena jede Woche pünktlich, selbstverständlich und ohne dass ein Pädagoge sie daran erinnern musste, zum Hepp kam; und wenn der Hepp sich mal wieder verspätet hatte, weil er zum Beispiel dem Wieland zu erklären versuchte, warum es rein aus therapeutischer Sicht eben nicht so gut ist, wenn der Pädagoge zum

Jugendlichen sagt: »Jetzt geh halt mal zum Doktor Hepp, tu ihm doch den Gefallen«, dann vermochte es die Jelena, wie auch immer, dem Hepp ein sagenhaft schlechtes Gewissen zu machen, fast noch schlimmer als damals, als der Professor Bindel in der Psychiatrischen Uniklinik den Hepp und die Frau Doktor Escher zu einem ernsthaften Gespräch eingeladen hatte.

Dieses schlechte Gewissen war für den Hepp der Beweis, dass der alte Chef, eine Art Godfather of Child-Psychoanalysis, eben doch recht hatte, dass das genau das Wesen der Therapie ist: Die Patienten tun etwas in uns hinein, und wir tun etwas in sie hinein. Wenn sie handeln, geschieht etwas in mir, wenn ich handle – oder auch nicht handle –, dann geschieht etwas in ihnen. Und damit dies geschehen kann, muss etwas zwischen den Menschen sein, die sich da für eine Stunde begegnen, selbst wenn beide schweigen, da ist eine Verbindung, eine Brücke, ein Luftraum.

Na ja, dass der Wieland das nicht so ganz verstanden hatte, klar, weil der Wieland war ja eher ein haptischer Mensch, also wenn einer Beton in seinen Laster getan hatte, dann war der Beton in seinem Laster, und wenn er ihn jemandem in den Vorgarten gekippt hatte, dann war er jetzt im Vorgarten von dem Trottel, und das hatte der davon, dass er dem Wieland seine Frau als »räudige Crackschlampe« bezeichnet hatte. Aber das war früher, da war der Wieland noch in solchen Kreisen unterwegs gewesen.

Bei der Jelena war sich der Hepp übrigens alles andere als sicher, dass es »nur« Angst ist, die sie verstummen lässt, vielleicht gerade deswegen, weil sie sich so bereitwillig zeigte. Aber wer weiß, was sonst? Was hat das Mädchen erlebt, worüber schweigt sie wohl? Oder hat sie sich ein Schweigegelübde auferlegt? Aber warum? Viele Kinder schweigen mal, manche dauerhaft, manche vorübergehend, im Kindergarten ist es ja jedes hundertste, ja, aber mit dieser Radikalität, mit dieser Kompromisslosigkeit?

Dem Hepp fiel heute auch nichts Rechtes ein. Er stellte sich vor, was wohl der Poltrone mit der Jelena anfangen würde. Der Poltrone würde seiner Blonden wahrscheinlich diktieren: »Die Jugendliche kann keine Angaben zum Tathergang machen.« Und damit hätte er wohl genauso recht wie möglicherweise unrecht, wer wusste das schon so genau. Weil vielleicht hätte die Jelena ja können, aber sie konnte jedenfalls nicht.

Jelena wirkte heute aufgeregter als sonst, sie zupfte immer wieder an ihrer Bluse herum, aber da hätte der Hepp genauso gut den Kaffeesatz von dem Kaffee lesen können, der da immer noch bezugslos irgendwo im Büro herumstand. Was das bedeutet, bin ich Hellseher? Und so verging die Therapiestunde heute schleppend, wahrscheinlich für beide Seiten; Smog im Luftraum, zäher Beton, heute keine Probedeutung.

Als die Jelena weg war, überlegte der Hepp nicht lange, ob er jetzt noch wie geplant das Gutachten über Serkan diktieren sollte, wegen dem Rentenantrag, den sein Vater gestellt hatte. Das hatte er sich am Morgen vorgenommen gehabt, und er wusste auch schon, was er schreiben würde, denn er war überzeugt, dass der Serkan gefälligst seinen Arsch bewegen soll und nicht den ganzen Tag Playstation spielen, sondern mal Bewerbungen schreiben, aber nicht wie beim letzten Mal, als er sich in einem Architekturbüro beworben hat, sondern halt irgendwie realistisch, Praktikum im Supermarkt oder so etwas. So kann man das im Gutachten natürlich nicht schreiben, aber der Hepp hat das schon beherrscht, seine Gutachten so zu schreiben, dass der Sachbearbeiter genau das herauslesen konnte. Der Serkan war ein fauler Hund, aber jetzt werden Sie es schon wieder wissen: Der Hepp mochte den Serkan auch. Ungelogen.

Ja, dachte der Hepp, diktiere ich noch das Gutachten, weil das bringt mich auf andere Gedanken, und dann ist wenigstens das erledigt heute. Natürlich kam der Hepp keine drei Sätze weit, er war gerade bis zum »Sehr geehrte Damen und Herren, mit Schreiben vom 13.4. diesen Jahres bitten Sie uns um eine gutachtliche Stellungnahme zu o.g. Jugendlichen. Gerne erstatte ich Ihnen in der Folge den angeforderten Bericht. Die Verzögerung bitte ich zu entschuldigen« gekommen, da wusste er nicht mehr weiter.

Keinen Satz mehr, nicht einmal Diagnosen fielen ihm zum Serkan ein, und das ist ja eigentlich etwas sehr Einfaches, oder sagen wir mal so: Man kann sich das ja sehr einfach machen, weil bei Unfallchirurgie, da macht es schon einen Unterschied, ob das der Oberarm ist, der gebrochen ist, oder ob es einem beim Motorradelfahren das Bein rausgerissen hat, und dann kommts noch ein bisschen darauf an, das linke, das rechte oder gleich beide. Aber bei Psychiatrie, da passt alles immer irgendwie mehr oder weniger, weil alle ein bisschen depressiv und sowieso alle Angst, nur bei manchen merkt man es nicht, und sie tun dann dumm, und die anderen, die gehen nicht mehr aus dem Haus, und die nächsten, die waschen sich den ganzen Tag die Hände.

Der Hepp legte das Diktiergerät weg und machte die Augen zu. Draußen surrte ein Laubwegbläser, und das machte den Hepp jetzt sogar melancholisch, weil er wusste, den hat der Wieland jetzt extra auf heute hierherbestellt, und das war auf eine Art vielleicht sogar das letzte Mal gewesen, dass er den Wieland hätte hassen können, aber eben dieses Mal keine Chance; weil einen, der am ganzen Körper so aussieht, wie der Hepp an dem Ausschnitt gesehen hat, den Lisas Lockenkopf ab und zu freigegeben hat, den kannst du nicht hassen, das ist klar. Niemand kommt auf die Idee, den Hummer zu hassen, wenn er dich zum letzten Mal vorwurfsvoll aus dem Topf anschaut und immer roter wird; aber wenn er dich rechtschaffen gezwickt hat, der Hummer, da kannst du so einen Haufen Hass mobilisieren, dass der Fundamentalprediger von der Versammlungsstätte nebenan dagegen autogenes Training ist.

Der Hepp hatte ernsthaft Mitleid mit dem Wieland, ja, der Wieland tat ihm leid. Und dann passierte etwas Komisches, weil der Hepp hörte den Laubwegbläser, und das klang ein wenig wie gestern Abend, als der Chor und Kuno gesungen hatten: »Er war von je ein Bösewicht! Ihn traf des Himmels Strafgericht!« Und da musste jetzt der Hepp entschieden seinem psychischen Apparat widersprechen. Nein, der Wieland ist doch im Grunde ein guter Kerl, dachte der Hepp, eigentlich mag ich ihn richtiggehend.

Manches Mal macht das Unbewusste wirklich auch einen rechtschaffenen Scheiß, das hat der Freud natürlich auch gewusst, aber da können Sie jetzt mal selber schauen, ob sich eine Umschulung zum Psychoanalytiker für Sie lohnen würde, nämlich versuchen Sie doch mal herauszubekommen, was der Hepp in Wirklichkeit über den Wieland gedacht hat. Sehen Sie! Das ist ein bisschen wie in dieser Todesanzeige, in der sie geschrieben haben: »Viel zu schnell und unerwartet verstarb unser guter Vater und Großvater Ismail B. …«, weil dem Ismail, dem alten Familientyrannen, dem hätten alle ein elendes und jahrelanges Siechtum an den Hals gewünscht, sodass der sich gedacht hätte, wenn das je mal vorbei ist, wovon ich ja leider nicht ausgehen kann, dann will ich bittebitte als Hiob reinkarniert werden wegen Wellnessfaktor.

Beim Hepp war das das Gleiche – du hörst innen drin den »Bösewicht« und das »Strafgericht«, aber nach außen denkst du, der arme Wielandhummer, eigentlich mag ich ihn ja, und da steht der Gevatter Freud in der Tür und sagt dir: »Ja, mein Lieber, das kennen wir, das ist die Reaktionsbildung.«

Mit so viel Reaktionsbildung kann kein Mensch ein Gutachten schreiben, bei dem am Schluss auch noch etwas Gescheites rauskommen soll, und als der Hepp zu seinem Auto lief, da sah er, wie die Spurensicherung, die sie im »Tatort« immer SpuSi nennen, aber nur im »Tatort«, in echt nennen sie die Spurensicherung, und wenn sie sie in echt doch SpuSi nennen, dann nur, weil sie sie im »Tatort« immer SpuSi nennen, wie die jedenfalls im Waldsonnenheim einrückte mit ihren weißen Anzügen und den silbernen Aluminiumkoffern, die ein bisschen aussehen wie so ein Fotokoffer, den sich ein Konfirmand vom Konfirmationsgeld gekauft hat. Der Irene hatte er noch gesagt, er sei über sein Handy erreichbar, aber sie hatte das schon verstanden, wie er das meinte. Auf die Irene konnte er sich da verlassen, die würde ihn nur anrufen, wenn wirklich etwas Wichtiges wäre.

Wie er ins Auto steigen wollte, wusste der Hepp nicht, wo er die Tasse hinstellen sollte. Für eine volle Tasse mit kaltem Kaffee hat es in einem Auto keinen Platz, aber der Hepp hat sie doch reingestellt, man kann ja nie wissen, dann würde er schon vorsichtig nach Hause fahren.

Im Kreisverkehr kam ihm dann doch ein anderer Gedanke. Das ist nämlich komisch, dachte er, dass du ja auf der Rückfahrt überall dort, wo du auf der Hinfahrt rechts abgebogen bist, jetzt links abbiegen musst – und andersrum: Dort, wo du nach links abgebogen bist, musst du jetzt rechts abbiegen. Sonst kommst du nicht zu Hause an. Aber im Kreisverkehr, da musst du immer rechts einbiegen und rechts rausfahren und im Kreis links einschlagen. Und trotzdem kommst du zu Hause an.

Er müsste, dachte der Hepp, mal ausprobieren, was passieren würde, wenn er es gerade andersrum machen würde, also links reinfahren, Lenkrad rechts einschlagen, und wieder links rausfahren. Wo er da wohl landen würde? Heute war nicht der richtige Tag, um das auszuprobieren, und er wollte ja auch den Kaffee nicht noch mehr verschütten, der da auf der Beifahrerfußmatte schon einen kleinen See gebildet hatte.

Dass der Hepp dann doch angerufen wurde, aber erst viel später, das war schon so etwas Wichtiges.

6

Am Mittwoch hatte der Hepp frei, und da hatte er es sich seit Jahren angewöhnt, in den Zoo zu gehen und den Tieren dort ein, zwei Stunden beim Langweilen zuzuschauen. Nicht dass es dem Hepp langweilig gewesen wäre, nein, weiß Gott nicht. Es gab immer etwas zu tun, zum Beispiel im Herbst Brennholz aufschichten oder nach Weihnachten die Lichterketten ausstecken und wieder in den Karton räumen oder im Februar den Mitgliedsbeitrag für die Ärztekammer überweisen. Aber es war etwas Besonderes, den Tieren beim Langweilen zuzuschauen – vor allem, weil sie es so geduldig ertragen.

Der Hepp war überzeugt, dass sich die Jugendlichen im Waldsonnenheim zu etwa neunzig Prozent des Tages langweilen. Damit sie es aber nicht merken, haben die einen Erwachsenen die Schule erfunden und die anderen die X-Box, und weil zwischen Schule und X-Box noch vierzig Minuten liegen, haben die Erwachsenen schnell noch die Handys erfunden. Und für den Stromausfall hatten sie in China schon vor fast fünftausend Jahren das Cannabis erfunden.

Und so kam es, dass die Jugendlichen eigentlich nur noch die Stunden beim Hepp langweilig fanden. Nicht alle, das muss ich jetzt schon sagen, also nicht alle Jugendlichen und nicht alle Stunden. Aber der Hepp hatte schon oft zu hören bekommen: »Mir ist langweilig«, und dann sagte er immer etwas wie »Ja glaubst du etwa, die Krankenkasse bezahlt dafür, dass ich hier den Herrn Tanzbär für dich mache?«

Heute war es im Zoo kaum auszuhalten, obwohl er im Zoo immer auf die besten Gedanken kam. Heute klappte das überhaupt nicht, und zwar nicht nur, weil der Hepp es unerträglich fand, wie die Pfauen eitel ihr Rad schlugen und wie die Zebras miteinander rummachten. Nein, am unerträglichsten war es heute ausgerechnet bei den Affen, bei denen er eigentlich so gerne saß.

Heute war das nun wirklich nicht zu ertragen, und zwar nicht nur, weil der Hepp Psychiater war und damit vielleicht hier und da schneller etwas assoziierte, selbst wenn er es nicht wollte. Aber bitte, bei den Pavianen hätte wohl jeder, ob Psychiater oder nicht, an den Wieland gedacht.

Er konnte doch nicht so tun, als ginge alles einfach so weiter wie bisher, dachte der Hepp. Der Wieland – ich muss fragen, wie es dem Wieland geht. Und als er in der Uniklinik anrief, da bekam er so eine schnippische Jungärztin ans Telefon, und da konnte er fünfmal sagen Kollege und Oberarzt, die hockte aufs Maul und sagte, sie dürfe keine Auskunft geben, generell nicht und schon gar nicht wegen der Staatsanwaltschaft, und er solle sich doch an die Staatsanwaltschaft wenden, und streng genommen dürfe sie ihm nicht einmal sagen, dass der Wieland lebt.

Wenigstens wurden die Paviane jetzt wieder Paviane. Der Wieland lebt, und das erleichterte den Hepp ungemein – nicht wegen dem Laubwegbläser, sondern rein menschlich, aber darüber haben wir es ja schon gehabt. Der Freud hatte nämlich nicht ganz recht, weil es war nicht nur Reaktionsbildung, sondern auch ein kleines bisschen echt, dass der Hepp den Wieland mochte.

Die Staatsanwaltschaft hat er dann nicht angerufen, bis du da bei einem Staatsanwalt bist, der dir Auskunft geben kann und auch noch möchte, da macht der schon wieder Feierabend, und dann sagt die zickige Frau Böhm, tut mir leid, rufen Sie doch morgen bitte wieder an.

Er hat dann jemand anderes angerufen, der Hepp.

Der Hepp war kein pünktlicher Mensch; er hatte es als eine persönliche Behinderung akzeptiert, dass der liebe Gott ihm einige Verzerrungen ins Zeitgitter gespenglert hatte, und so dehnten sich in seinem Erleben die letzten fünf Minuten vor einem Termin zu Viertelstunden, aber eben nur in seinem Erleben, denn die richtige Uhr, die lief stets anders, sozusagen richtig. Und so kam der Hepp oft zu spät, ohne dass er hätte sagen können, warum eigentlich.

Der Wieland fand sich selbst immer ganz originell, wenn ihm wieder mal ein flotter Spruch einfiel wie: »Wer zu spät kommt, den bestraft das Leben.« Der Hepp antwortete mit »Es kann niemand zu spät kommen, wenn er wahr ist«, und da merkt man halt dann doch den Bildungssprung zwischen den beiden, weil der Wieland-Spruch, das kommt in jeder zweiten RTL-Reality-Dokumentation (»Cindy, komm zurück, isch hab ers jezz gemerk, wat du alles für misch biss« – »Ja, wer zu spät kommt, den bestraft das Leben«), aber das Ludwig-Hohl-Zitat hatte der Hepp von einem Kulturmagazin auf Arte.

Pünktlich um zwölf saß der Hepp bei »Mario« im »Gargano«, und er hatte sich sogar ein bisschen gekämmt und das

Aftershave nochmal nachgesprayt, man konnte ja nie wissen. Lisa kam fünfzehn Minuten zu spät: »Wer zu spät kommt, den bestraft das Leben, ich weiß, Paul – du musst entschuldigen, ich hatte noch eine Kompostleiche, und das kriegst du kaum unter den Fingernägeln weg, trotz Handschuhen.« Der Hepp dachte an einen Spruch, den sein Schwiegervater in einer Zitatesammlung mit Textmarker angestrichen hatte: »Pünktlichkeit ist die Fähigkeit, die Verspätung einzukalkulieren, mit der ein Mädchen zu spät zu einer Verabredung kommt«, und er sagte: »Lisa, es kann niemand zu spät kommen, wenn er wahr ist.«

Lisa sah immer noch außerordentlich gut aus, fand der Hepp. Sie hatte ein wenig zugelegt, aber dick ist anders, und außerdem, wenn du einmal nicht mehr Studentin oder Assistenzärztin bist, dann kommt das halt fast automatisch. Als Assistenzärztin, da bist du laufend im Stress, weil du eigentlich alles nur falsch machst, und nachts mit einem Psychotiker rumstreiten, der auf dem Mittelstreifen der Autobahn seinen Gedichtband verkaufen wollte, oder auch die Frau aus der Gefriertruhe heraushieven, die ihr Mann dort vor sechs Monaten versehentlich vergessen hat, das macht dermaßen viel Stress und Adrenalin, dass du als Assistenzärztin den ganzen Tag Astronautenkost trinken könntest und du würdest nicht zunehmen.

Aber als Oberärztin kommst du halt zu dem mit dem Gedichtband erst dazu, wenn ihm die stämmigen Herren Pfleger die Gurte angelegt haben und wenn die spindeldünne, adrenalingerüttelte Assistenzärztin ihm das Zuclopenthixol gespritzt hat, und dann kann er natürlich immer noch schreien »Ich bin der Prinz Holocaust, ich hole dich, derbe Kulturschlampe«, aber das macht schon weniger Stress, als wenn er noch in der Lage wäre, dir seinen Gedichtband »Eisenträgerhirn« persönlich nahezubringen.

Und dann kommt dazu, dass du als Oberärztin zum ersten Mal im Leben genug Geld hast, um beim Chinesen die in Honig ausgebackene Fettbanane zu bestellen, dann hier ein Vortrag, dort ein Symposium, natürlich immer mit Abendessen, zwei-, dreimal das Workout schleifen lassen, ein Fläschchen Wein von den Patienten, schon hast du fünf Kilo mehr in der Problemzone.

Nun hat die Lisa nicht so oft Wein von ihren Patienten bekommen, weil Rechtsmedizin, da denken die Patienten oft gar nicht mehr richtig dran, der Frau Doktor richtig schön zu danken dafür, dass sie so fachmännisch das Brustbein aufgesägt und den Brustraum mit Holzwolle gefüllt bekommen haben. Bei Lisa war es wahrscheinlich mehr die Sache mit den Vorträgen, denn Lisa hatte nach ihrer Zeit in der Psychiatrie richtig Karriere gemacht; in der Psychiatrie war sie nicht so recht zu Hause, das musste sogar der Hepp eingestehen, und da hat sie etwas gesucht, wo sie nicht so viel mit den Patienten reden muss – und jetzt werden Sie sagen, ja aber Rechtsmediziner müssen doch auch überlebende Opfer untersuchen, und das stimmt, aber das lag der Lisa jetzt wieder sehr, weil die eben nicht so daherkommen wie der Mittelstreifendichter, der überzeugt ist, dass er hier völlig falsch ist, oder der undankbare Kampfpsychotiker, weil der ist mindestens fünfzigmal vorwurfsvoller als der Hummer, während du ihn im kochenden Wasser versenkst. Nein, Opfer bei der Frau Rechtsmedizinerin schön dankbar und hilfesuchend.

Ja, Lisa sah immer noch sehr einladend aus. Ihre Locken waren noch gefährlicher geworden, weil sie ihr schlankes Gesicht wie ein kitschiger goldener Rahmen umgaben, und der Hepp war sowieso mit Locken immer ganz unberechenbar, da war wahrscheinlich seine Mutter schuld, wie an allem. Der Hepp hat manchmal gedacht, gut, dass ich kein Löwe bin, weil bei den Löwen, wer hat da die bessere Frisur? Aber bei den Menschen, da können Sie jetzt anderer Meinung sein, gut, aber wenn wir ehrlich sind, praktisch immer die Weibchen.

»Das ist eine schlimme Geschichte, Paul. Ich war heute Morgen nochmal bei dem Wieland auf der Intensivstation.«

Und jetzt hätte sie ja einfach weiterreden können, aber das machen nur Männer; Frauen machen da immer eine Pause aus zwei Gründen. Erstens wollen sie wissen, ob man überhaupt zuhört – aber das war eh klar, dass der Hepp da zuhören würde. Aber das Zweite ist viel wichtiger, weil jetzt musste der Hepp nachfragen, und das ist von der Kommunikation her halt oben gegen unten, der eine will was, die andere kann es geben oder eben nicht geben.

Und weil der Hepp das durchschaute, wollte er ihr den Sieg nicht gönnen, zumindest noch nicht. Und darum sagte er gar nichts, und dann war es plötzlich wieder erstens, weil die Lisa gedacht hat, der Hepp hört gar nicht zu, und schwupps ist oben wieder unten und unten wieder oben. Das hat der Hepp geschickt gemacht. Und dann hat er wegen der blöden Neugier halt doch gefragt: »Und …?«

Und dann war unten wieder oben und oben wieder unten.

»Es sieht nicht gut aus. Der ist weiterhin bewusstlos, aber die halten ihn auch im Koma. Und untenrum, puh, das sieht gar nicht gut aus.«

Und wie der Hepp wieder nichts gesagt hat, machte die Lisa einen kleinen Rechtsmedizinerwitz: »Ich meine, ich weiß ja nicht, wie es vorher ausgesehen hat.«

So weit kommts noch, dachte der Hepp. Weil – ganz ehrlich – der Hepp hatte die Sache mit der Lisa immer noch nicht richtig abgeschlossen, und vielleicht wollte er jetzt eigentlich gar nicht so viel über den Wieland untenrum wissen, aber das weiß ich nicht so genau.

Jedenfalls dachte der Hepp abwechselnd an ganz verschiedene Dinge; er versuchte, um an diesem merkwürdigen Gespräch teilnehmen zu können, sich das Genitale vom Wieland vorzustellen, aber keinesfalls vorher, höchstens nachher, also nach der Flusssäure, aber seltsamerweise kamen ihm immer nur die Paviane in den Sinn, und da hat der Hepp lieber an damals gedacht, aber da kamen nun nicht die Paviane, sondern der manische Nussberger. Der war nämlich eines Nachts ganz unerwartet ins Nachtarztzimmer gekommen und hat gesehen, wie der Oberarzt der Assistenzärztin gerade etwas beibringt. Und das hat er tagelang allen, die es hören wollten, lauthals lachend erzählt, jedes Detail, Hepps Boxershorts mit Sonnenschirmen drauf eingeschlossen; und auf der Geschlossenen wollen solche Geschichten viele hören.

Dem Nussberger hat das natürlich keiner geglaubt, weil der so manisch war, aber lustig erzählt war es ja schon, fanden die Mitpatienten. Da haben sie dem Nussberger schließlich sogar das Valproat erhöhen müssen, weil irgendwann wollte es dann doch keiner mehr hören, die Sonnenschirme, die sich dem Nussberger eingebrannt hatten, weil er einen Moment in die falsche Richtung geschaut hatte statt auf die Frau

Doktor, das wäre sehenswerter gewesen. Richtig gerne hat der Hepp da ja nicht dran gedacht, weil damit hatte das Ganze dann abrupt aufgehört, und für Frauen ist so was dann auch gut, aber eben nicht für Männer.

Als der Hepp nämlich erfahren hat, dass die Conny, die Nachtschwester von der A2, den Nussberger sozusagen versehentlich aus der geschlossenen Station gelassen und zum Nachtarzt geschickt hatte, weil sie wohl ein bisschen eifersüchtig war, da hat er einen Riesenaufstand gemacht, und das war unklug, weil jetzt haben sie es dem Nussberger plötzlich doch geglaubt, und jetzt wusste die ganze Klinik, was da im Nachtarztzimmer für Weiterbildungsveranstaltungen durchgeführt werden.

Und dann hat der Hepp auch schnell gemerkt oder eigentlich vom Chef gemerkt bekommen, dass die Erwachsenenpsychiatrie ohnehin nicht das Richtige für ihn ist und dass er doch eh schon immer in die Kinderpsychiatrie wollte, wo die Patienten nicht hämisch »Doktor Bett« oder »Doktor Schlepp« zu einem sagen, und die Lisa war eh mit ihrem Pflichtjahr in der Psychiatrie fertig, und da haben sie sich aus den Augen verloren. Und jetzt war er in der Kinderpsychiatrie, wo die Patienten »Doktor Depp« zu einem sagen.

»Wenn er durchkommt, dann können die das schon wieder richten. Heute ist da viel möglich mit Spalthaut und so.«

Und der Hepp fühlte sich, als wäre er die Ehefrau oder gar der Ehemann vom Wieland und als würde die Frau Doktor ihn gerade trösten, dass man weiterhin ein erfülltes Leben gemeinsam haben könnte. Lisas Rechtsmedizinerspäßchen machte die Sache auch nicht gerade besser: »Du könntest dich ja als Organspender anbieten.«

Jetzt weiß ich nicht, ob Sie schon mal in einer Krankenhaus-Kantine gegessen haben – falls ja, dann brauche ich Ihnen nichts zu erklären, falls nein, dann müssen Sie wissen, dass der Hepp einiges gewohnt war, weil Pflegepraktikum in der Viszeralchirurgie, also Eingeweide, da ist in der Kantine immer viel Material zu besprechen, vor allem wenn die Stationsschwester mit am Tisch sitzt und die Aufgaben für den Nachmittag verteilt, zum Beispiel muss der Anus praeter von dem Herrn Villinger noch gepflegt werden, der ist am Rand so rot entzündet mit gelben Belägen, da muss man beim nächsten Wechsel des Stomabeutels unbedingt mit Betaisodona sauber machen und aufpassen, dass kein Stuhl drankommt.

Obwohl er so gesehen also abgehärtet war, hat dem Hepp die Pizza nach dieser Organspenderidee von der Lisa noch weniger geschmeckt als sowieso schon. Und so superschlagfertig war er jetzt auch nicht, dass er dazu etwas Treffendes hätte sagen können, und dann sagte er halt: »Wer weiß, wozu ich das noch brauche, liebe Lisa.«

Das fand der Hepp selbst nicht so richtig subtil, und die Lisa wurde ein wenig rot, aber man sah das vor lauter Locken eh nicht. Weil die Lisa aber nicht an den Nussberger gedacht hatte und an die blöde Conny, noch nicht einmal an die Weiterbildungsnachtdienste, konnte sie viel unbefangener als der Hepp fortfahren: »Wir haben das jetzt ausgewertet, und ich habe ihn extra mit dem Chef nochmal angeschaut: Der Wieland hat sich nicht gewehrt, also der war wirklich bewusstlos, als er traktiert wurde. Wir haben keine Abwehrverletzungen. Unter den Fingernägeln habe ich nur Holz gefunden, das muss er von der Saunatür abgekratzt haben.«

Eine Gabel Rucola-Salat.

»Hast du eigentlich gewusst, dass der Wieland sich selbst verletzt hat?«

Der Hepp hatte keine Lust auf dieses »Ich-mach-eine-Pause-aus-zwei-Gründen«-Spiel und fragte pflichtgemäß: »Wie, selbst verletzt?«

»Ja, der muss vor dem Saunieren Schnitte an seinem linken Unterarm gemacht haben. In der Sauna lag ja kein Messer, vielleicht hat er es in seinem Büro gemacht? Komisch alles.«

»Links? Aber der Wieland ist Linkshänder.«

»Das ist wirklich komisch, aber nicht unmöglich, oder, Herr Psychiater?«

Und wie sie das betont hat, die Lisa, da war dem Hepp klar, der Nussberger hatte nicht das letzte Urteil gesprochen.

Vielleicht hätte ich halt doch lieber im Zoo bleiben sollen, dachte der Hepp, als er das Lenkrad fast zehn Minuten links eingeschlagen hatte. Weil jetzt musste er die ganze Zeit an die Organspendesache denken, und da war er dann froh, dass er irgendwann endlich auf den rettenden Satz kam, den er einfach herausbrüllte, weil man das im Auto ja darf, wenn es kein Cabrio ist: »Dann soll er halt den Schwanz vom Nussberger bekommen, der Idiot.« Und dann konnte er den Blinker setzen und rechts raus.

Die Lisa war ein Luder, weil sie hatte ihm ihre Visitenkarte von der Klinik gegeben, aber hinten drauf hatte sie schon vorher von Hand geschrieben: »priv. 050 489 65 32 – 24-Stunden-Dienst«. Das hatte er aber erst gesehen, als die Visitenkarte vom Beifahrersitz auf die Fußmatte gefallen war, und so wie es der Hepp wegen dem Kaffee las, hieß es: »prix. 05U 4§$ `5 [2 – 24-S[ohne+Ounst«.

Das konnte er selbst als Psychiater nicht recht verstehen, aber ihm war klar, dass er Lisa einmal privat anrufen müsste, abends. Zum Glück hatte er ja ihre Nummer noch gespeichert von damals, als sie sie geändert hatte, weil der Nussberger es immer hat läuten lassen, trotz Valproat.

7

Der Poltrone war natürlich auch nicht untätig gewesen an diesem Mittwoch. Er war ins Waldsonnenheim gefahren und hatte die Jugendlichen einvernommen. Oder sagen wir es so: Er hat mit den Jugendlichen zu sprechen versucht, die überhaupt da waren. Denn die Yasmin blieb ebenso wie der Noel verschollen, und die Polizei hatte sie noch nicht gefunden, weil die Yasmin schon so oft weg gewesen war, dass die Polizei den Fahndungsschein aus Versehen absichtlich ganz nach hinten sortiert hatte. Und weil sie den Noel noch nie hatten suchen müssen, ist dieser Schein auch nach hinten gerutscht, weil alte Polizistenweisheit: Katzen kommen wieder heim, wenn sie Hunger haben.

Also hatten der Poltrone und die Blonde sich die vorgenommen, die da waren. Die erste war Jelena gewesen, und das war für den Poltrone schon eine neue Erfahrung, weil er kannte natürlich »Ich sage gar nichts«, aber eben nur mit der Ergänzung »ohne meinen Anwalt« oder auch mal mit »da können Sie sich ins Knie ficken«.

Aber dass jemand einfach gar nichts sagt, und zwar radikal und von Anfang bis Ende, das kannte auch der Poltrone nicht, und er hat zuerst gedacht, na warte, Früchtchen, dich bring ich schon zum Reden, und dann hat er den Kommissar ausgepackt und gesagt: »Weißt du, Jelena, das macht dich ja nicht gerade unverdächtig, und das könnte heißen, dass wir die Jugendanwaltschaft bitten müssen, dich wegen Fluchtgefahr einzuschließen.«

Und dass die Jelena da gar nichts dazu gesagt hat, nicht einmal »Arschloch« (wenigstens das hätte er ja erwarten dürfen), das hat den Poltrone doch ein bisschen verunsichert, und dann hat er den Roland, den Sozialpädagogik-Praktikanten, gefragt, ob die Jelena taub ist, ob sie ihn überhaupt hört, und der Roland wusste das natürlich nicht so ganz genau und hat nachgefragt, und dann hieß es, die Jelena sei so, sie hätte einen »Nudismus«, aber der Roland kann da nichts dafür, er war ja nur der Praktikant, und das hatte er halt falsch verstanden.

Aber der Poltrone hatte ja einen Trumpf im Ärmel, also nicht irgendwie Schokoladenbonbons, sondern seine Blonde. Von Frau zu Frau müsste das wohl einfacher sein für so ein Mädchen, dachte der Poltrone, und die Blonde war ganz aufgeregt, als sie ihr erstes Verhör gemacht hat. Sie hat es auch wirklich gut gemacht oder gut machen wollen, aber die Jelena wäre nicht die Jelena, wenn sie plötzlich nach sechs Jahren den Mund aufgemacht hätte, nur weil da so eine nervöse Blonde daherkommt.

Und nach einer halben Stunde hat das auch die Blonde gemerkt, und die konnte am Abend ihrem Freund aber was erzählen, nachdem der sie getröstet hatte. Denn Sie müssen wissen, der Mensch weint ja durchschnittlich in seinem Leben etwa eine Badewanne voll, aber die Blonde war von der Persönlichkeitsstruktur her eher so, dass es dazu vier, fünf andere braucht, die eher Richtung Wüste Gobi gehen rein tränenmäßig, damit der Durchschnitt wieder stimmt.

Zum Glück hat der Poltrone recht generös getan und gesagt, das könne einem als Anfängerin durchaus passieren, dass mal jemand gar nichts sagt, das sei doch keine Schande, und er könne schon verstehen, dass einen so etwas demoralisiere, und hier, bitte, noch ein Taschentuch.

Mit Phil war es nicht gerade einfacher. Der Phil hatte aus Versehen die Schule verschlafen, weil ihn die Pädagogen nur dreimal geweckt hatten, obwohl er doch immer gesagt hat, ihn müsse man halt leider achtmal wecken, sorry, und dann hockte er missmutig vor einem abgestandenen Müesli. Er hatte sich für den Rest des Tages nichts Besonderes vorgenommen, mal sehen, was im Netz noch so geht, aber insbesondere nicht, mit einem Kommissar zu reden.

Es stellte sich dann auch bald heraus, dass der Phil wenig beitragen konnte, Licht ins Dunkel zu bringen, ganz generell nicht, aber auch im konkreten Fall, weil er nämlich den halben Abend mit ein paar von seinen 354 Freunden auf der ganzen Welt gechattet hatte, dabei hatte er nebenher ein paar hundert MP3s gesaugt, legal, sozusagen, klar, und die hat er alle angehört, so wie Jugendliche diese Sachen halt anhören, also zehn Sekunden, dann der nächste Titel, weil man weiß ja dann eh, wie es weitergeht, nicht wie bei den Klostertalern, wo jeder Takt von einem ganz unerwarteten nächsten Takt gefolgt wird, jedenfalls Phil mit seinen Kopfhörern, da hätte unten im Keller der Wieland kopfüber mit der Kettensäge geschächtet werden können, bei dem Lärm auf Phils Ohren sah es einfach schlecht aus für den Herrn Wieland. Und der Phil ist dann auch bald müde geworden und eingeschlafen, sorry, Herr Toblerone oder so ähnlich, ah, sorry, Poltrone.

Als der Poltrone den Serkan befragen wollte, fragte der zurück, was es denn bringen solle und was er dafür bekommt, wenn er mit dem Bullen redet. Da hat ihm der Thomas das gut erklärt. Natürlich nicht der Thomas vom Hepp, sondern der Thomas vom Waldsonnenheim. Der Thomas Jenal war der stellvertretende Heimleiter, und jetzt war er ganz unverhofft Heimleiter geworden, weil ja kein Mensch damit gerechnet hat, dass der Wieland morgen wieder dastehen und mit seinem unnachahmlichen »Hey, what's up?« einen fröhlichen Einstieg in den Tag für alle gestalten würde.

Nun übernahm das also der Jenal, aber ohne »What's up?«. Der Jenal war ganz selbstlos gewesen und hatte zugesagt, als ihn der Wagenbauer darum gebeten hat, natürlich mit Heimleitergehalt und den anderen Spezialbedingungen für Heimleiter. Trotzdem hatte der Jenal ein bisschen gezögert, und seine Kollegen waren sicher, das war politisch sehr korrekt von dem Jenal, weil er hatte sich ja damals auch um die Heimleiterstelle beworben, aber dann hatte ihm der Wagenbauer erklären müssen, dass man ihn einfach nicht für geeignet halte, eine so anspruchsvolle Aufgabe zu übernehmen.

Jetzt hatte der Jenal natürlich eine unverhoffte Rehabilitation erfahren, und alle haben sofort gemerkt, dass er jetzt sogar irgendwie noch pädagogischer war als vorher. Und darum hat er es auch so gut verstanden, dem Serkan zu erklären, warum er mit dem Poltrone reden sollte und was er dafür bekommt, wenn er es denn tut, nämlich keine Vorladung auf das Polizeipräsidium.

Da war es dann durchaus erstaunlich, dass der Serkan trotzdem nicht mit dem Poltrone geredet hat, sondern nur »Arschlecken« gesagt hat beziehungsweise nur »Rschleck«, weil bei »Arschlecken« haben die Sozis immer gleich rumgestresst. Die Blonde hat das gleich aufgeschrieben, weil sie hat wegen den verheulten Augen nicht so genau wie sonst wahrgenommen, wie sich der Kopf vom Poltrone bewegt hat.

Und als der Poltrone dann gefragt hat, ob der Serkan wenigstens seine Fingerabdrücke geben würde, da ist der Serkan erst richtig wütend geworden und hat zwei Stühle umgeworfen und erklärt, dass er sich sicher nicht die Finger schmutzig machen würde, und das hat man jetzt so oder so verstehen können, und beides war richtig. Und da hat auch der Jenal nicht so recht gewusst, wie man das jetzt pädagogisch am besten macht. Aber klar war, dass der Serkan jetzt auch zu den Verdächtigen gehörte, auch wenn das natürlich ein bisschen absurd ist, aber so ist das bei der Polizei.

Wie der Nico kapiert hat, dass der Kommissar wirklich mit jedem reden will, hat er das gemacht, was er am besten konnte, nämlich abhauen. Darin war Nico geübt, er war eigentlich immer und überall abgehauen, und er hatte immer einen guten Grund dafür, nämlich zum Beispiel »Red ich doch nicht mit Scheißbullen«, also eine Art Stolz.

Klar, eigentlich war der einzige Grund Angst. Das hatte den Nico zum Flüchtling gemacht. Der Nico hatte die Hosen voll, aber das kommt bei den Peers nicht so super an, wenn du sagst, ich mag lieber nicht mit dem Kriminalpolizisten reden, ich hab Angst, dass der mich plötzlich für schuldig hält. Mit »Red ich doch nicht mit Scheißbullen« bist du nicht das Opfer.

Jedenfalls ist der Nico weggerannt, aber er ist nicht weit gekommen, weil der flinke Jenal ist ihm hinterher. Der Jenal hat noch kurz gezögert, ob er bei der Verfolgung eines flüchtigen Zöglings bei Rot an der Ampel warten muss, das sind auch so Sachen, da gab es im Studium keine Vorlesung dazu, aber dann hat er instinktiv für seine Mission entschieden, und so hatte er den Nico vor dem Zeitungskiosk eingeholt.

Der Nico war aber natürlich schlau, ein Fluchtprofi, und er hat geschrien: »Hilfe, Hilfe!«, als ihn der Jenal gepackt hat, und dann kennt man das ja: »Was machen Sie denn da? Lassen Sie sofort den Jungen los!«

Aber der Jenal war natürlich auch Profi, Verfolgungsprofi sozusagen: »Ich bin Pädagoge vom Waldsonnenheim. Der Jugendliche gehört zu uns, er ist abgehauen …«

Und der Nico darauf natürlich: »Glauben Sie ihm nicht, das stimmt nicht. Helfen Sie mir, bitte!«

Bis dann die Polizei da war, meine Güte, das hat gedauert, da konnte der Poltrone sich so lange noch ein bisschen im Zimmer vom Noel und von der Yasmin umschauen, und die Blonde hat noch gesagt, die Yasmin habe aber viel tolle Unterwäsche, und da hat der Poltrone gedacht, Frauen, weil er hat immer nur die vom Aldi für 1,99 Euro gekauft, aus fairem Handel, drei Herrenschlüpfer in modischen Farben mit Eingriff, und dann hat er noch ein bisschen im Tagebuch von der Yasmin gelesen, aber verstanden hat er das nicht, weil eigentlich alles nur Gedichte, und für den Poltrone waren ja alle Gedichte Kategorie Rilke, auch Fried-Gedichte.

Der Einsatz mit dem Nico hat sich letztlich auch nicht so recht gelohnt, und außer einem weiteren Verdächtigen, den bis dahin noch niemand genannt hatte, hat die Blonde nichts weiter aufschreiben müssen, und dann stand nachher in ihrem Notizbuch: »Nico verdächtigt Missge.«

Mit den anderen Jugendlichen kam der Poltrone besser in Kontakt, manche wollten sogar richtig gerne mit dem Poltrone reden, immerhin mal Abwechslung im Waldsonnenheim. Der Poltrone kannte sich natürlich aus mit Verhörtechnik, und deshalb fragte er alle, ob sie sich denn vorstellen könnten, wer es getan hat mit dem Wieland, und zwar nicht, weil er gedacht hat, die Jugendlichen wissen das, aber bei einem Verhör ist es manchmal wie bei der Psychotherapie, dass es gar nicht so sehr darauf ankommt, was jemand sagt, sondern wie er dazu kommt.

Den Jugendlichen hat das gefallen, sie wussten ja nichts von Poltrones Trick, und da hatte die Blonde bis zum Nachmittag dann insgesamt achtundzwanzig Verdächtige aufgeschrieben, und da sind »Bibi Blocksberg war es« und »der Hepp, der Depp« noch gar nicht mitgezählt. Der Poltrone wusste natürlich, wie er das alles einschätzen soll, also ehrlich gesagt hat er am Abend zu der Blonden gesagt, das war alles völlig wertlos, unbrauchbar, verschwendete Zeit, Herrgott nochmal, und die Blonde hat schon wieder Tränen in die Augen bekommen, weil sie gedacht hat, sie sei schuld.

8

Die Lisa hatte etwas unruhig geschlafen, für sie war das wohl alles etwas überraschend gekommen, und darum wachte sie als Erste auf, obwohl es ja nicht ihr Handy war, das klingelte, sondern das vom Hepp.

Sie werden fragen, was das Handy vom Hepp bei der Lisa verloren hat, und dazu müssen wir ein bisschen ausholen. Es ist aber wichtig, und deswegen können Sie jetzt nicht einfach fünf oder zehn Seiten überblättern.

Dem Hepp hatte das alles keine Ruhe gelassen. Er mochte »seine« Jugendlichen, jeden einzelnen, und obwohl es Mittwoch war, war er – kaum war er aus dem Kreisverkehr herausgefahren – wieder in ihn hineingefahren, und ohne Extrarunde war er Richtung Waldsonnenheim gefahren.

Er machte sich Sorgen um Yasmin, natürlich, eine Sechzehnjährige, die einfach nicht zurückkommt und die durch die Gegend läuft, als hätte sie eine zwei Meter hohe, blinkende Werbetafel auf dem Kopf mit der Aufschrift »Rette mich!«, und die das nicht einmal selbst weiß, so eine Sechzehnjährige war gefährdet. Sie war schon wiederholt in schwierige Situationen gekommen, und mehr als einmal hatte man sie auf der Polizeiwache abholen müssen, weil ihre Lösungswege nicht immer denen entsprachen, die man sich für sie gewünscht hätte.

Aber die Sorge um Yasmin, das ging ja noch. Yasmin würde überleben, egal wo und egal wie, das wusste der Hepp. Zumindest bildete er sich das ein, denn so genau konnte er es ja gar nicht wissen. Wenn man ihn fragte, ob Yasmin akut selbstmordgefährdet sei, dann hatte er darauf meist eine sehr professionelle Antwort, aber je professioneller diese Antwort daherkam, umso mehr schien er damit die Angst fernzuhalten, dass er sich täuschen könnte und dass man Yasmin irgendwann auf – oder unvergleichbar schlimmer – unter einer Eisenbahnbrücke finden könnte. Und was vorgestern Abend passiert war, da hatte der Hepp ja keine Ahnung oder, um es genauer zu sagen: noch weniger als keine Ahnung.

An die Sorge um Yasmin hatte sich der Hepp ja schon gewöhnt, im Prinzip hätte sich der Hepp fast mehr Sorgen gemacht, wenn die Yasmin nach der Sache mit der Selbstverletzung gestern Abend nicht abgehauen wäre; das ist so mit der Psychologie, wenn du wieder und wieder von deinem Sohn morgens im Badezimmer erschreckt wirst, dann erschrickst du viel mehr, wenn er dich eines Tages mal nicht erschreckt. Warum das so ist, das wissen aber nur Psychologen. Jedenfalls war Hepp die Sorge um Yasmin zumindest einigermaßen vertraut.

Dass aber der Noel weg war, das war so, dass das Wort »außergewöhnlich« eine ganz extreme Verharmlosung gewesen wäre, denn der Noel, der war noch nie heimlich weg gewesen. Selbst wenn das komplette Heim auf Kurve, also sozusagen eigenverantwortlich unterwegs war, der Noel saß bestimmt in seinem Zimmer und tüftelte Fahrpläne aus.

Noel hielt sich an Regeln, und statt dass der zuständige Sozialpädagoge darüber extrem besorgt gewesen wäre, war er sogar noch froh gewesen, und so schrieb er in seine regelmäßigen Berichte, Noel sei »sehr angepasst«, und wenn er das las, dann dachte der Hepp immer, er sei versehentlich in einem Tiefkühler gelandet, so kalt war das, ganz so wie die Ehefrauen, die erst von der Lisa wieder aufgetaut werden. Der angepasste Noel hatte natürlich noch nie gekifft, noch nie gesoffen, er hatte sich nie selbst verletzt, er hatte noch nicht einmal »Arschloch« zu einem Erwachsenen gesagt und war auch sonst sehr pflegeleicht.

Dass der Noel jetzt auf Kurve war, das ließ den Hepp nicht los, das war etwa so, als wäre sein Kopf das Opernhaus und dort würde der Max unaufhörlich seine »Nein, länger trag ich nicht die Qualen, die Angst, die jede Hoffnung raubt«-Arie schreien. Wenn ihn jemand gefragt hätte, wie gefährdet der Noel ist, er hätte sagen müssen: Keine Ahnung. Und das wäre ehrlich gewesen, denn in den Noel hineinschauen, das war, als wärst du ein australischer Ureinwohner und würdest gerade einen Galaxienhaufen durch ein Weltraumteleskop sehen.

Weil er ja sowieso nichts anderes denken konnte, als was der Noel wohl macht, war der Hepp ins Waldsonnenheim gefahren und hatte sich erkundigt. Er hatte sich ja ehrlich gesagt nicht vorstellen können, dass der Noel einfach so zurückgekommen war, ohne dass man ihn, den Hepp, angerufen hätte. Klar, aber vielleicht ja doch? Vielleicht sitzen sie ja alle schon lange wieder auf der abgewetzten Kunstledergarnitur, und der Noel hockt in seinem Zimmer und mischt seine Säuren und Basen, und man hat einfach vergessen, den Hepp zu informieren?

Das ist jetzt halt auch Psychologie: Da sagst du dir, sicher bekomme ich dieses Jahr zu Weihnachten eh wieder ein Hemd, und dann weißt du das praktisch schon sicher, und dann bekommst du das Hemd natürlich, und als hättest du dir im Traum nicht vorstellen können, dass die Frau so fantasielos ist, bist du enttäuscht. Warum das so ist, da müsste man jetzt auch wieder einen Psychologen fragen, die haben das studiert.

Jedenfalls, als der Hepp den Jenal gefragt hat, da hat er die Antwort gar nicht abgewartet, und der Jenal hat auch nur den Kopf geschüttelt und gar nichts gesagt, so wie wenn deine Frau sagen würde, ja, ich weiß, das mit dem Hemd ist jetzt nicht besonders originell, nächstes Mal lass ich mir etwas Besseres einfallen, Hepp.

Aber der Jenal hat erzählt, dass der Poltrone und die Blonde da gewesen waren und dass die Jugendlichen ganz unterschiedlich darauf reagiert hätten, und vielleicht könntest du ja mal versuchen, dem Serkan klarzumachen, dass es gut wäre, wenn er eine Aussage machen würde, Paul. Das hat den Hepp aber nicht so sehr interessiert, weil wenn du von vornherein siehst, dass du bei einem Jugendlichen keinen Stich machen wirst, dann sagst du am besten, dass das ein pädagogisches Problem ist.

Dafür hatten die Pädagogen im Waldsonnenheim den Hepp in den ersten Jahren sehr geschätzt, dass er die Bereiche Therapie und Pädagogik so sauber getrennt hat und dass er so viel Respekt hat vor der Pädagogik, aber irgendwann mussten sie es gemerkt haben, dass für sie dann immer die unlösbaren Aufgaben übrig bleiben, und dann gab es ein bisschen Streit im Waldsonnenheim, und zum Glück gab es da diesen sehr guten Supervisor, der hat einen Haufen Geld gekostet, und nach vier Sitzungen war allen klar, dass sie es am besten individuell in der Zusammenarbeit im Einzelfall miteinander klären.

Seither war das Verhältnis wieder gut. Vielleicht ein bisschen wachsamer und weniger unbefangen, aber der Vorgänger vom Wieland sagte dann immer, das fördere die Qualität der Arbeit, und weil der Wieland sich mit solchen Sachen eh nicht so auskannte, sagte er, das sehe er »ganz ähnlich« wie sein Vorgänger, und das hieß so viel wie: Keine Ahnung, was ich dazu denken soll.

Jetzt hätte der Hepp ja eigentlich wieder gehen können, aber psychologisch ist das ja so, dass du, sobald du dein Hemd ausgepackt hast, sofort unter den Weihnachtsbaum schauen musst, ob da nicht doch ganz hinten bei den dürren unteren Zweigen noch dein eigentliches Geschenk liegt, das neue Handy nämlich. Und beim Hepp war das eh ein Reflex, den er in der Kindheit schon gelernt hatte, weil zu Weihnachten hat sein Vater der Mutter immer einen Karton voll Kartoffeln geschenkt oder eine Büroklammernkette, und wenn die Mutter dann die Kartoffeln ausgepackt hatte, dann fand sie ganz unten halt doch einen Goldring oder am Ende der langen Büroklammernkette hing der Brillant.

Und deshalb wusste der Hepp, die Wirklichkeit ist ganz anders als das, was wir sehen. Nicht dass er gedacht hat, der Noel versteckt sich in der Sauna, aber er dachte, schaden kann es nicht, dort mal zu schauen. Beziehungsweise eigentlich dachte der Hepp gar nichts, das sollte man nicht für möglich halten, aber das passiert sogar bei Psychiatern, dass die mal nichts denken, obwohl die ja fürs Denken bezahlt werden.

Man muss aber auch ein bisschen aufpassen, dass man seine Klischees pflegt, also Psychiater denken schon ungeheuer viel, klar, und wenn ich Sie jetzt frage, wer wohl beim Nietzsche-Symposium in Sils-Maria dieses Jahr die Eröffnungsvorlesung hält, der Hals-Nasen-Ohren-Arzt oder der Chefarzt einer psychosomatischen Uniklinik, da weiß ich schon, was Sie antworten werden, und da haben Sie natürlich recht, weil der Hals-Nasen-Ohren-Facharzt hat gar keine Zeit, weil er an dem Wochenende beim Gleitschirmfliegen ist.

Vielleicht war der Hepp ja aber auch ein bisschen ein ungewöhnlicher Psychiater, jedenfalls hat der oft erstaunlich wenig gedacht. So auch jetzt, es war eher intuitiv, dass er in den Keller gestolpert ist, und schon stand er dort dem Ingenieur Meschke gegenüber, und jetzt weiß ich nicht, wer von den beiden erstaunter war, der Meschke mit seiner Digitalkamera oder der Hepp mit seinen leeren Händen.

Jetzt muss man wissen, dass der Meschke und der Hepp kein so gutes Verhältnis hatten, seit der Meschke damals abgelehnt hatte, dass der Hepp sein Balkongeländer niedriger machen darf, weil der Vorbesitzer war wohl ein bisschen ein ängstlicher Mensch gewesen, und da hat er das Geländer sage und schreibe einen Meter fünfzig hoch machen lassen, damit er nicht nachts beim Schlafwandeln darübersteigt vielleicht, keine Ahnung.

Jedenfalls fand der Hepp das dann doch zu viel, und weil sich seine Kinder dann immer Treppen aus Eimern und Kartons auftürmten, um über das Geländer schauen zu können, hatte er damals eine Baueingabe gemacht, um das Geländer vierzig Zentimeter niedriger machen zu können.

Aber da gab es den Ingenieur Meschke, und der sagte, Denkmalschutz ist Denkmalschutz, das sei ein zu großer Eingriff in die historische Substanz, und das dürfe er dem

Gemeinderat schon gesetzlich nicht zur Erwägung vorlegen, tut mir leid. Aber fünf Zentimeter, das sollte bei guter Begründung möglich sein, und er werde sich da gerne für den Herrn Doktor verwenden. Und der Hepp hat ja in seinem Leben nicht oft »Arschloch« gesagt; gedacht schon, aber gesagt eben nicht, und der Meschke hatte leider ein erstaunlich gutes Gehör, und da haben sich die beiden Männer geeinigt, dass man das Baugesuch Hepp vorerst mal auf unbestimmte Zeit sistiert, also dass der Hepp das zurückzieht, als hätte er es sozusagen nie gestellt, und das hat dem Meschke eine Menge Arbeit erspart und dem Hepp seine erste Anzeige wegen Beleidigung einer Amtsperson.

Jetzt stand der Meschke da mit seiner Digitalkamera, und das wäre für den Hepp jetzt nicht so besonders gewesen, aber dass der Meschke außer der Digitalkamera nichts weiter anhatte, das war doch unerwartet. Die Sauna lief, Fichtenaufguss, und der Meschke schnappte sich schnell ein Handtuch, und so kam die auffallend kleine Werkzeugkiste des Ingenieurs zum Vorschein.

Der Hepp dachte: Das eine Werkzeug verdeckt, das andere aufgedeckt, aber beide erstaunlich klein. Wenn man so unerwartet in so einer Situation ist, dann gibt es glaub keine festen Regeln, wer zuerst etwas sagt, und es steht auch nirgends, was der dann sagen soll, soweit ich weiß.

»Herr Doktor, so eine Überraschung.«

»Ich arbeite hier.«

»Ja, gell, Sie arbeiten hier, ganz richtig.«

Und es steht wahrscheinlich auch nirgends, wer nach der Pause weiterspricht, die an dieser Stelle bemerkenswerterweise immer entsteht. Und der Hepp und der Meschke wussten das jetzt auf Anhieb auch nicht, und darum wurde die Pause viel länger, als man das im Fernsehen sieht, weil jede Sendeminute kostet sagenhaft viel Geld, aber da unten im Keller des Waldsonnenheims, da war die Zeit praktisch umsonst.

«Nicht dass Sie sich wundern«, erklärte der Meschke, und er schwitzte ein bisschen, aber das kann auch an der offenen Saunatür gelegen haben, »nicht dass Sie sich wundern, Herr Doktor, ich arbeite auch hier. Schrecklich, was passiert ist, schrecklich.«

Und wenn man jetzt genau aufpasst, dann hat der Meschke das zweite »schrecklich« extra gesagt, damit der Doktor jetzt nichts sagt, weil er hatte damit das erste »schrecklich« sozusagen selbst bestätigt, und da haben wir wieder das Obenunten-Thema, wenn Sie genau aufgepasst haben.

Jetzt war ja aber der Hepp ein Profi in so Sachen, und darum hat er nicht gefragt, was der Meschke denn hier tut, weil sonst wäre wieder die Sache gewesen: Einer fragt, der andere kann es beantworten oder eben nicht, und dann weiß man erst nicht, ob es überhaupt die Wahrheit ist. Nein, der Hepp hat wie nebenbei gesagt: »Ich fand die Idee mit der Sauna nie besonders klug, Herr Meschke.«

Und der Meschke, das merkt man jetzt wieder, der war eben kein Profi in solchen Sachen, und darum hat er die Frage beantwortet, die der Hepp ja extra gar nicht gestellt hatte, und schon stand es 2:0 für den Hepp: »Wir müssen vom Baudezernat genau abklären, nicht dass es am Ende ein technischer Defekt war, wissen Sie.«

Und jetzt war es gut, dass der Hepp nicht der Poltrone war, weil der Poltrone hätte jetzt bestimmt gefragt, warum die Arbeitskleidung vom Meschke so amtsuntypisch ist, oder etwas anderes Kommissarisches, weiß nicht, zum Beispiel ob man im Baudezernat für möglich hält, dass in einer Sauna schwallartig Flusssäure von der Decke schießt.

Der Hepp hat sich das schon auch gefragt, aber er war wahrscheinlich noch zu perplex, um das zu fragen, und da war er sogar richtig froh, dass er nicht der Poltrone war, der so was nicht nur denken muss, sondern auch noch fragen, weil da kann ich jetzt vielleicht schon mal den Unterschied zwischen einem Detektiv und einem Psychiater erklären, nämlich: Beide denken ja, komisch, der Herr Ingenieur in seltsam spartanischer Bekleidung, aber der Detektiv muss jetzt fragen: Was soll das, erklären Sie, sonst sind Sie verdächtig, Sie haben das Recht, zu den Vorwürfen zu schweigen, und alles, was Sie sagen, kann gegen Sie und so weiter.

Aber der Psychiater müsste eine ganz andere Frage stellen oder noch besser gar keine Frage, sondern einfach eine Aussage hindeuten; überhaupt Deutungen, das sind die trojanischen Pferde der Analytiker, also eigentlich Fragen, aber ohne Fragezeichen am Schluss. Also hier jetzt zum Beispiel, wenn der Meschke ja gesagt hat, er müsse das abklären und wegen technischem Defekt und so, dann müsste der Hepp sagen: »Ja, man kann sich das oft nicht heraussuchen, womit man sich befassen muss und wie vor allem. Man ist da ja nie ganz frei«, sodass der Herr Ingenieur denken würde, das ist jetzt aber mal komisch, dass ich hier in so spartanischer Kleidung herumstehe, da muss ich mir jetzt mal Gedanken machen, was das mit mir oder – wenn die Therapie schon ein bisschen länger geht – mit meiner Mutter zu tun hat und ob mir da etwas in den Sinn kommt, dass mir das in anderen Situationen auch schon mal so gegangen ist.

Weiß nicht, ob Sie das verstanden haben, wahrscheinlich nicht – ist aber nicht so wichtig. Um das im Keller noch rasch abzuschließen: Der Hepp hätte das natürlich sagen können, aber es war ihm irgendwie auch egal, wie der Meschke arbeitet und wieso überhaupt, er wollte irgendwie wieder nach oben, weil der Melonen-Fichten-Duft zusammen mit dem Herrn Ingenieur, das war schon eine *over-arousal* sondergleichen, also wie wenn du in einer Parfümerie nicht weißt, ob die rundumplastinierte Lancôme-Verkäuferin auch ohne die Lavendel-Moschus-Vanille-Bergamotte-Luft so aussähe, dass du sofort völlig stammhirnnahe Fusionsfantasien entwickelst, nur beim Meschke und dem Lidl-Aufguss eben gerade andersrum.

Es steht nun natürlich auch nirgends, wie man so ein Gespräch beendet und wer das am besten macht. Da muss man sich ein bisschen auf sein Gefühl verlassen. »Herr Meschke, ich muss leider weiter, aber es interessiert mich natürlich sehr, was Sie herausfinden.«

Und wenn Sie jetzt sagen, besonders viel ist dem Hepp da aber nicht ins Gefühl gekommen, dann glaube ich, da sind Sie wieder mal ungerecht mit dem Hepp, weil was hätten Sie denn in so einer Situation gesagt? Und der Hepp war eigentlich schon durch die schwere Kellertür durch, da hat der Meschke noch gerufen: »Herr Doktor, wie steht es eigentlich um ihr Balkongeländer?«

Und jetzt hat der Hepp nicht gewusst, ob er aus dem einen oder aus dem anderen Grund »Arschloch« sagen soll, und weil er es nicht genau gewusst hat, hat er »Einen schönen Abend« hinuntergerufen, aber er hat es so undeutlich ausgesprochen, dass man auch hätte verstehen können: »Einen Schönen haben S'.«

Dieser Scheiß-Kreisverkehr, dachte der Hepp. Das macht einen total seekrank, und die Reifen nutzen sich auch ungleichmäßig ab, und das sind mir entschieden zu viele männliche Genitale in so kurzer Zeit. Da verliert man ja jede Beziehung zur Sexualität. Oder man bekommt eine knalle Kastrationsangst. Und fragen Sie nicht, warum, irgendwie ist ihm dabei dann in den Sinn gekommen, mal die Lisa anzurufen, und da war der Hepp schon zum zweiten Mal in dieser Woche pünktlich.

Jetzt werden Sie sagen, aber der Hepp hat doch eine Frau und Kinder, aber das kann ich jetzt nicht alles auch noch erklären, aber ich merke es mir, keine Sorge, das geht nicht vergessen. Aber damit Sie beruhigt sind, die Kinder waren schon erwachsen.

9

Jetzt hat die Lisa versucht, den Hepp wachzurütteln, aber der hat geschlafen, da ist der Apnoe-Phil ein Hyperkinetiker, ein Erstrangzappelphil dagegen, sozusagen. Das ist auch wieder Psychologie und heißt »Abwehr«, und das hat der Freud höchstpersönlich erfunden. Nämlich wenn etwas einfach zu viel ist, also zum Beispiel zu viel Schlimmes, Krieg oder ein nackter Meschke, aber auch mal zu viel Gutes, das neue Handy unterm Weihnachtsbaum oder Lisalocken auf Satinkopfkissen, dann machen die Menschen komische Sachen.

Die einen tun so, als wäre es gar nicht, und weil das so ist, als würden sie es verleugnen, hat der Freud das »Verleugnung« genannt. Und ein anderer, der vergisst es einfach, und weil das ist, als würde er es wegverdrängen, hat der Freud dazu »Verdrängung« gesagt. Und für das Schlafen vom Hepp hat sich der Freud »Regression« überlegt.

Da ist die Lisa halt selber drangegangen, weil das Klingeln hat nicht aufhören wollen, und ganz ehrlich, das sollte man nicht tun, einfach an ein fremdes Telefon gehen, das kann unter Umständen Komplikationen mit sich bringen, und da war die Frau vom Hepp dran, die war natürlich ein bisschen erstaunt, aber nicht so erstaunt wie ihr Mann gestern im Keller des Waldsonnenheims, sie kannte ja ihren Hepp, und das werden Sie dann auch verstehen, wenn ich mal dazu komme, das genau zu beschreiben.

Die Frau vom Hepp hat ihm ausrichten lassen, dass der Poltrone versucht habe, ihn zu erreichen, er solle um zehn Uhr bei ihm sein, aber der Hepp hatte ihm wohl die falsche Handynummer gegeben, nämlich die von seiner Frau, und da weiß ich jetzt nicht, wie der Freud dazu gesagt hat, wenn man die falsche Handynummer gibt, weil einem alles zu viel ist.

Der Hepp hat es nicht ganz pünktlich zum Poltrone geschafft, aber fast. Das war ja bei den Verspätungen vom Hepp das Dumme, dass es nie genug Zeit war, um noch etwas Vernünftiges anderes zu machen. Also hatte sich der Poltrone von der Blonden nochmal die Einvernahmeprotokolle von gestern vorlesen lassen, und stimmungsmäßig war das ein bisschen so, als würde die Lehrerin die Abschlusszeugnisse verteilen und die von denen, die in die nächste Klasse versetzt werden, sind schon lange durch, was jetzt noch kommt, taugt nichts.

Sie waren gerade bei dem Protokoll von dem Gespräch vom Poltrone mit der Jelena, und da war es eh gut, dass da der Hepp hereinschneite. Hereinschneien ist vielleicht nicht ganz der richtige Ausdruck, es war eher hereinschleichen, weil der Hepp hatte nicht nur keine Lust auf dieses Gespräch, sondern auch gar keine Zeit. Und obwohl es eher hereinschleichen war als hereinschneien, hat der Hepp etwas gemacht, da muss man schon sagen, alle Achtung, wenn er das geplant hatte, aber auch wenn es – was ja wahrscheinlicher ist – versehentlich passiert ist, so peinlich das ist, es war letztlich richtig praktisch.

Der Hepp hat nämlich angeklopft beim Poltrone und hat ja nicht durch die Tür schauen können, weil die Leute denken ja gerne, dass Psychiater alles durchschauen, aber eben schon keine Türen, höchstens so Glastüren, sonst könnten sie ihr Geld anders verdienen. Also hat der Hepp nicht sehen können, dass die Blonde aufgesprungen war, als würde sie den Herrn Innenminister persönlich vor der Tür vermuten. Sie wollte dem Herrn Innenminister gerade die Tür aufmachen, da hat der Hepp sie von außen aufgestoßen, weil bei Ämtern gerne mal »Eintreten ohne Aufforderung«, ja, und da hat er halt die Blonde mit der Türkante erwischt, und die Blonde war so erstaunt, dass es eben nicht der Innenminister war, der sie verletzt hatte, sondern nur der Psychiater, und da hat sie glatt die Tränen vergessen. Jetzt haben der Hepp und der Poltrone das kleine Malheur gar nicht bemerkt, und vielleicht hat die Blonde ja deswegen auch gar nicht geheult.

»Verzeihen Sie bitte die Verspätung, ich bin doch tatsächlich im Kreisverkehr an der falschen Ausfahrt raus.« Und das stimmte jetzt wirklich, der Hepp war nämlich dort wieder rausgefahren, wo er hineingefahren ist, und dann wäre er fast bis zur Lisa zurückgefahren, bis er es gemerkt hat, und dazu sagt der Freud »Vermeidung«, wenn man aus Versehen das tut, was man will, und gar nicht merkt, dass das nicht das ist, was man soll.

Jetzt haben wir also schon Regression, Verdrängung, Verleugnung und Vermeidung und beim Hepp auch noch Verspätung.

»Herr Doktor Hepp, das ist gut, dass Sie so kurzfristig kommen konnten, vielen Dank. Ich glaube, ohne Sie kommen wir im Moment nicht weiter. Setzen Sie sich doch bitte.

Wollen Sie einen Kaffee?« Nun ist das bei Psychiatern so, dass denen die Assoziationen zu den unpassendsten Momenten kommen, wenn du es wirklich überhaupt nicht brauchen kannst, aber da kann man fast nichts dagegen machen, selbst wenn man in der Woche dreimal in die Supervision geht. Das ist eine Art Berufskrankheit, und ich glaube, dass es das auch beim Thomas gibt, also dem Venen-Thomas, dass der am Baggersee liegt und von unten herauf die Beine von den kaloriengeschädigten Endfünfzigern sieht und denkt, au, da müsste man aber mal was richten.

Die Assoziation vom Hepp war jetzt nicht so besonders, aber dafür umso aufdringlicher, nämlich, wo er eigentlich gestern den Kaffee hingetan hat, also den Rest. Und da hat der Poltrone schon für ihn geantwortet und die Blonde rausgeschickt zum Kaffeeholen, und jetzt glaube ich, dass sie froh war, weil da konnte sie in der Küche kurz für die zweite oder vielleicht sogar schon dritte Badewanne sorgen.

»Wir sind ein bisschen auf Granit gestoßen, als wir gestern die Jugendlichen einvernehmen wollten. Nicht dass wir das nicht erwartet hätten, aber es geht ja um etwas, darum wäre uns schon wichtig, zu verstehen, was die Jugendlichen eigentlich meinen. Verstehen Sie?«

Und der Hepp hat sofort verstanden, wie es dem Poltrone wohl gestern gegangen ist, als er im Waldsonnenheim war, weil der Hepp erinnerte sich gut, wie er vor neun Jahren seinen ersten Tag im Waldsonnenheim hatte und wie eine Jugendliche zu einer anderen gesagt hat »Den guck ich nicht mal mit dem Arsch an«, aber natürlich so laut, dass der Hepp schon beide Ohren voll Kunstharz hätte haben müssen, um es zu überhören.

Das Vertrauen der Jugendlichen hatte er sich hart erarbeiten müssen, und auch heute war das Vertrauen keineswegs gebucht. Einmal den Pädagogen zu viel erzählt, dass die Yasmin zum Beispiel in der Therapie berichtet hat, dass sie nie vor drei Uhr in der Früh einschlafen kann, schon bekommst du am nächsten Tag die Rechnung dafür: »Ich habe gedacht, Sie haben die Schweigepflicht. Ihnen erzähle ich nichts mehr, Sie sagen es sowieso gleich den Sozis.«

Jedenfalls war dem Hepp klar, dass der große Poltrone und sein blonder Appendix nicht einfach im Waldsonnenheim würden einmarschieren können und den Jugendlichen die Welt erklären. Weil man muss wissen, die Jugendlichen im Waldsonnenheim, die haben in der Vergangenheit nicht immer gerade die Erfahrung gemacht, dass man sich auf die Erwachsenen verlassen kann, weil wenn der Vater den Gürtel rausholt oder der Lehrer seinen roten Stift oder der Turnlehrer sein Duschgel, da hast du als Kind schon recht, wenn du ein bisschen vorsichtiger wirst mit den Erwachsenen.

»Ich kann mich jedenfalls nicht erinnern, dass ich an einem Tag so oft nach dem Hinterteil benannt wurde, hahaha«, hat der Poltrone gesagt und mit auf der Tischplatte aufgestützten Ellenbogen seine Hände so unpassend zusammengeklatscht, dass der Hepp denken musste, na ja, wenn sonst keiner applaudiert bei so einer brillanten verbalen Akrobatik oder zumindest Seniorengymnastik.

»Arschloch …«, sagte der Hepp, und das war ein bisschen merkwürdig, weil das hatte er sich ja nicht vorgenommen, und es war auch nicht die Art vom Hepp, so in ein Gespräch einzusteigen, aber gefühlsmäßig stimmte es ein kleines bisschen, und Sie werden zugeben, dass es im Leben selten so günstige Gelegenheiten gibt, das so straffrei loszuwerden. Und der Poltrone hat das natürlich so verstanden, wie es der Hepp ja eigentlich gemeint hat.

»Wie? Ah, ja, genau. Haha.«

Und dann lachte der Poltrone schon wieder so, dass der Hepp das am liebsten gleich nochmal wiederholt hätte, aber dieses Mal richtig.

»Bestimmt können Sie uns helfen, das besser zu verstehen – als Fachmann und weil doch keiner die Jugendlichen so gut versteht wie Sie.«

Und da hat der Hepp das Wort schon zum dritten Mal in einer Minute gedacht, aber dieses Mal ist es nicht so einfach zu verstehen, aber ich erkläre es Ihnen kurz. Der Hepp hat sich immer geärgert, wenn Erwachsene gedacht haben, sie sind die Spezialisten und Jugendlichenversteher, weil es für einen Jugendlichen die Bankrotterklärung sein muss, wenn ein Erwachsener dich versteht, am Ende sogar noch besser, als du dich selbst verstehst. Dann hast du als Jugendlicher etwas falsch gemacht und bist »voll schwul« oder »Pussy«, dann hat der Jugendliche seinen Pubertätsauftrag jedenfalls nicht erfüllt und er wird nicht ins Erwachsenenleben versetzt, sondern er wohnt mit sechsundzwanzig noch bei der Mama und bekommt von den Eltern auch noch den Führerschein bezahlt.

Solange dich die Erwachsenen verstehen, bist du Kind, ganz egal, wie alt du bist. Und darum hat der Hepp den Jugendlichen ja auch immer gesagt, er verstehe sie ja nicht etwa besser als sie selbst, vielleicht habe er etwas mehr oder besser: andere Erfahrung als sie, und Therapie, das ist doch eigentlich nichts anderes als im besten Fall einen Weg finden, dass sie selbst mehr mit sich anfangen können. Das hat der Hepp ernst gemeint.

Ein bisschen hat er das immer so gesehen, dass er bestenfalls hilft, die Landkarte zu lesen, aber dass er deshalb noch lange nicht weiß, wohin die Reise geht oder gehen soll. So wie der Wegweiser ja auch nicht weiß, wo du hinwandern willst, aber ein guter Wegweiser sagt dir, da gehts lang und es sind noch acht Stunden Wanderung, und Achtung, gutes Schuhwerk solltest du schon haben.

Da haben seine Kollegen aber teilweise heftig widersprochen und etwas von »Führung« und »Vorbild« und »Überblick« geredet und gesagt, mit welchem Programm man die Aggression vom Luca oder vom Ole oder das Ritzen von der Tilly am besten in den Griff bekommt, und dann hat der Hepp gedacht, die haben für sich ja auch sicher recht, aber ich bin halt wohl nicht so geschickt und klug wie die, die immer wissen, was das Beste und Richtige ist, deshalb sitze ich ja jetzt auch im Waldsonnenheim und mache keine Vorträge in Los Angeles, und der missratene Sohn vom Regierungsdirektor langweilt sich nicht bei mir, sondern beim Klinikchef.

Wie der Poltrone das mit dem Verstehen gesagt hat, da ist die Blonde zurückgekommen mit dem Kaffee, den hat sie an der Tür vorbeibalanciert, als wäre die Tür eine fleischfressende Pflanze. Dass in dem Moment der Kaffee und die Blonde kamen, das war praktisch, weil dann musste der Hepp nichts sagen, sondern erst einmal: »Gerne mit Milch und etwas Zucker.«

Und der Poltrone hat allen Ernstes gesagt: »Sind Sie auch ein Süßer …«, und das werden Sie jetzt kaum anders erwartet haben: Das war dann schon das vierte Mal mit dem Wort.

Kaum war die Blonde zurück, änderte sich die Haltung vom Poltrone, und er sah jetzt eher so aus wie ein stellvertretender Ersatz-Silberrücken. Das fiel dem Hepp natürlich gleich auf, weil als Psychiater hast du mit so vielen Silberrücken zu tun, dass du die Hilfssilberrücken gut davon unterscheiden kannst.

Der Poltrone hat jetzt auch seine Lesebrille aufgesetzt, und das werden Sie jetzt kaum glauben, die hatte der Hepp vor ein paar Tagen im Aldi-Heftchen gesehen, unisex, Einheitsstärke, teilentspiegelt, 3,99 Euro. »Wir wären sehr dankbar, wenn Sie die Einvernahmeprotokolle von gestern mit uns durchgehen könnten. Da könnten Sie uns sicher manches erhellen, Herr Doktor.«

Dem Hepp gefiel das Gespräch gar nicht so recht, und weil er ja Profi in Kommunikation, drehte er das Ganze ein wenig so hin, wie es ihm besser gefiel. Oder er versuchte es zumindest. »Danke für Ihr Vertrauen, das ehrt mich. Aber ich glaube, um wirklich helfen zu können, sollte ich erst einmal wissen, was eigentlich Ihr Stand ist, also der, wie sagt man, Ermittlungsstand. Was wissen Sie denn schon?«

Und da atmete der Poltrone einmal ganz schwer, als würde er bei dem Wort »Ermittlungstand« regelmäßig einen hochakuten Asthmaschub bekommen. Er legte seine Hand auf ein grünes Aktenmäppchen vor sich, als wäre es die Verfassung der Vereinigten Staaten von Amerika und er selbst der Kennedy persönlich. Und dann log er unumwunden: »Das würde ich gerne tun, aber das darf ich leider nicht, weil Sie kennen das, Schweigepflicht.«

Und weil der Hepp nichts gesagt hat, hat der Poltrone gedacht, er hat es nicht verstanden, der Hepp, aber Psychiater sagen einfach manchmal nichts, weil sie nachdenken. »Wissen Sie, nur zum Beispiel, Herr Doktor, also wirklich nur zum Beispiel, das hat jetzt nichts mit Ihnen persönlich zu tun, mal angenommen, es könnte ja sein, also beispielsweise, dass Sie zu den Verdächtigen sozusagen gehören, also beispielsweise, und dann wäre es ja fatal, wenn ich Ihnen die Ermittlungsergebnisse sozusagen, also in dem Beispiel jetzt, zur Verfügung, also zur Verfügung stellen würde. Nur als Beispiel, natürlich gehören Sie nicht zu den Verdächtigen, klar.«

Und da hat der Hepp wieder nichts gesagt, und der Poltrone war noch mehr verunsichert, dabei hat der Hepp nur gedacht, wenn der Kennedy bei der Vereidigung auch so gestammelt hätte, dann hätte man wenigstens das Tatmotiv vom Lee Harvey Oswald. »Sie haben ja auch die Schweigepflicht, oder? Und das ist bei uns halt auch sehr streng geregelt, schon vom Gesetz her, gesetzlich sozusagen.«

Für den Hepp war das unerwartet, dass er auch zu den Verdächtigen gehört, aber gut, er hatte ein Alibi, er wäre gar nicht über den schwitzigen, feisten Pharmavertreter weggekommen, und untendurch auch nicht wegen der riesigen Oberschenkel, selbst wenn es ihm ein Bedürfnis gewesen wäre, dem Wieland Flusssäure zwischen die Beine zu kippen, er war lebendig eingemauert gewesen, der Hepp, und nur durch die Gnade des fallenden Vorhangs schließlich erlöst worden.

Nur weil Sie jetzt fragen, wieso Verdächtiger, der Poltrone hat doch extra gesagt, der Hepp gehöre nicht zu den Verdächtigen: Da muss man sich ein bisschen eindenken in die Erlebensweise von einem psychoanalytisch durchgebildeten Psychiater. Wenn du dem sagst: »Also, es macht mir überhaupt nichts aus, nochmal in den Keller zu gehen und noch ein Fläschchen von dem Châteauneuf-du-Pape zu holen«, dann steht der Psychiater schon fixfertig angezogen im Hausflur und verabschiedet sich bereits von deiner Frau, weil er nämlich zwischen den Zeilen lesen kann.

Und wenn du der Poltrone bist und sagst, also natürlich gehören Sie nicht zum Kreis der Verdächtigen, dann weiß der Psychiater, dass er zum Kreis der Verdächtigen gehört, weil der Poltrone hat das nicht zufällig gesagt, es gibt überhaupt keinen Zufall in solchen Sachen; der Lateiner sagt da »cum grano salis«, aber übersetzt heißt das erstaunlicherweise nicht »mit einem Körnchen Salz«, sondern »mit einem Funken Wahrheit«, also ein bisschen was ist immer dran an so einer Sache.

Der Poltrone hat jetzt umständlich begonnen, in den dünnen Unterlagen herumzuhantieren, aber so, dass man den Eindruck bekommen sollte, es seien ganze Leitzordner voll. Und da hat die Blonde angefangen, sich zu schnäuzen, und der Poltrone hat gedacht, was ist denn jetzt schon wieder, ich habe doch gar nichts gesagt. Aber die Blonde hat nur weitergeschnäuzt, und da hat sich der Hilfskennedy noch unsicherer gefühlt, und das Taschentuch von der Blonden ist roter und roter geworden.

Bis der Poltrone das gemerkt hat, dass das nicht für den Badewannenrekord war, sondern Nasenbluten, da waren schon drei Taschentücher blutrot. Der Poltrone ist ganz hektisch geworden und hat gerufen »Oje, Kopf nach hinten, schnell, Kopf nach hinten«, und die Blonde hat den Kopf nach hinten, und der Hepp hat gesagt: »Nein, Kopf nach vorne, laufen lassen«, und die Blonde hat den Kopf nach vorne.

Aber das Nasenbluten hat nicht aufgehört, hinten nicht und vorne nicht, weil der Schlag mit der Tür, das muss man jetzt schon zugeben, der war nicht so ein kleiner Stupser, das war schon ein kapitaler Volltreffer gewesen vom Hepp, so als hättest du gerade gerufen: »Die Klitschkos sind megaschwule Schwanzlutscher« – und hoppla, da kommen sie ganz zufällig gerade um die Ecke, alle beide, so eine Überraschung. Da kannst du dann natürlich schon noch hoffen, sie hätten auch Kunstharz in den Ohren, aber gell ...

Und weil es nicht besser wurde, hat der Poltrone gesagt, das geht jetzt so nicht, kommen Sie mit, wir legen Sie mal hin und kalter Waschlappen, und vielleicht ist ja hoffentlich der Polizeiarzt gerade im Haus, obwohl, donnerstags ist der immer im Untersuchungsgefängnis, kommen Sie mal mit. Die Blonde ist mit dem Poltrone raus, und da war der Hepp plötzlich allein. Mit der amerikanischen Verfassung.

Jetzt ganz ehrlich, das hat der Hepp nicht geplant gehabt. Also die, die so was können, die nennt man nicht Psychiater, sondern Propheten, und das war der Hepp beim besten Willen nicht. Der Hepp war das Gegenteil davon, er konnte noch nicht einmal vorhersagen, wie lange seine Parkuhr oder die Spülmaschine noch lief. Und zuerst hat er die amerikanische Verfassung auch gar nicht angerührt.

Aber das ist der Vorteil, wenn man Psychiater ist und nicht nur Psychologe, dann ist man eben auch Arzt und weiß, dass so ein Nasenbluten schnell mal zehn Minuten geht, und wie hätte er die Zeit jetzt auch anders nützen sollen, und schon hatte er die Verfassung richtig herum gedreht und begann zu blättern. Zuerst vorsichtig und aufgeregt, so wie Zwölfjährige ihr erstes Pornoheftchen durchblättern, dann zunehmend selbstbewusst und sicher. Psychiater, dachte er sich noch, müssen halt auch mal ungewöhnliche Wege wählen, um weiterzukommen, nein: um weiterhelfen zu können. Denn darum ging es doch eigentlich, dass er dem Poltrone bestmöglich weiterhelfen wollte.

Jetzt ist es zwar ein Vorteil, wenn man Psychiater ist und nicht Psychologe, aber so ein extremer Vorteil ist es auch wieder nicht, weil als Psychiater ist man halt kein richtiger Arzt, und darum hat der Hepp das total überschätzt, wie lange so ein Nasenbluten geht. Oder er hat die Zeit falsch eingeschätzt. Oder zu langsam gelesen. Jedenfalls hat der Hepp nicht so viel lesen können, wie er gerne hätte, und als er die Verfassung wieder falsch rum hindrehte, weil er draußen den Kennedy wieder hörte, wusste er nur ein paar Sachen mehr als bisher. Aber immerhin.

So wie der Hepp das verstanden hat, hatten sie in der Sauna jede Menge Fingerabdrücke gefunden. Natürlich die vom Wieland, aber an der Tür auch die vom Jenal und die von der Frau Korkmaz, der Putzfrau im Waldsonnenheim, die den Wieland am Morgen gefunden hatte. Außerdem waren in der Sauna die Fingerabdrücke, die man auch in Yasmins Zimmer gefunden hatte, und die, welche sie auch beim Noel im Zimmer gefunden haben. Außerdem noch andere Fingerabdrücke, die man nicht zuordnen konnte, aber es war unklar, ob ein oder zwei verschiedene. Das Gefäß, in dem die Flusssäure drin gewesen war, war leer und im Müllcontainer, und darauf nur Fingerabdrücke, die sie dem Noel zugeordnet haben.

Die Sauna war auf neunzig Grad eingestellt gewesen, bevor es die Sicherung herausgehauen hatte, der Wieland wollte es Finnisch und nicht Bio-Damen-Sauna. Wenigstens das nicht auch noch, dachte Hepp. Die Saunatür war blockiert gewesen, man hatte aber bisher nichts gefunden, womit sie blockiert gewesen sein könnte. Handschriftlich musste die Blonde ergänzt haben: »Technischer Defekt möglich?« Der Hepp erkannte, dass das die Blonde geschrieben haben musste, weil er sich nicht vorstellen konnte, dass der Poltrone i- und ö-Punkte als kleine Kringel malen würde.

Außerdem: Als der Wieland von Frau Korkmaz gefunden wurde, war die Saunatür normal verschlossen und leicht zu öffnen. Und: Bei Noel hatten sie einen Zettel gefunden, auf dem stand … Verfassung zu, rumdrehen.

Weil, wie gesagt, es war eben doch leider nur Nasenbluten und nicht eine anständige Hirnkontusion oder wenigstens ein rechtschaffener Jochbeinbruch, da wäre der Poltrone länger beschäftigt gewesen mit seinem hilflosen Besorgttun, und dann hätte der Hepp noch gut lesen können, was auf dem Noelzettel gestanden hat.

»Geht es besser?«, fragte Hepp den Kennedy, als der ohne seinen blonden Schatten wiederkam, und obwohl er als Psychiater täglich Hunderte von Fragen stellte, war das mit Abstand diejenige unter den letzten zweihunderttausend Fragen, deren Antwort ihn am wenigsten interessierte. Sehr viel mehr hätte ihn die Antwort auf die Frage interessiert: Haben Sie gesehen, dass ich ein bisschen in Ihren Unterlagen herumspioniert habe, während Sie draußen waren? Aber frag so was mal!

»Es geht besser. Sie hat sich etwas hingelegt. Sie wird durchkommen, hahaha.«

Fünf. Und bei Nasenbluten soll man nicht hinliegen, aber mir doch egal, soll sich doch in ihrem gesamten Nasen-Rachen-Raum ein Blutsee mit Assuan-Dimensionen anstauen.

Der Hepp stand unmotiviert auf, lief ein wenig im etwas zu großen Büro vom Poltrone herum, fand das aber bald ganz unglaubwürdig und wie in einem mittelmäßigen amerikanischen Krimi und setzte sich wieder. Übersprungsbewegung, hätte da jetzt ausnahmsweise einmal nicht der Freud, sondern der Konrad Lorenz gesagt, weil Freud Psychoanalyse, Lorenz Psychohydraulik.

Und so wie die Seeschwalben anfangen, sich blöd zu putzen, obwohl sie eigentlich flüchten oder kämpfen sollten, ist der Hepp halt blöd herumgelaufen. Vielleicht hat er ja gedacht, dann wirkt es noch unverdächtiger, wenn ich so über den Dingen stehe, aber wenn der Poltrone in der Verhaltensbiologie-Vorlesung gesessen hätte, dann hätte er sofort gemerkt, da ist etwas faul.

»Haben Sie gewusst, dass die Jacky Kennedy auch chronisch Nasenbluten hatte und dass das schlagartig aufgehört hat, als ihr Mann erschossen worden ist?«

Das stimmte ja nun wirklich nicht, diente dem Hepp aber zur psychischen Hygiene. Der Freud hätte jetzt gesagt: Klarer Fall von Verschiebung. Ich meine, hallo, der Kennedy erschossen, verstehen Sie, was das für den Poltrone bedeutet hätte?

»Das ist ja sehr spannend. Ich vermute ehrlich gesagt auch, dass das bei meiner Assistentin etwas mit der Belastung zu tun hat. Aber für so esoterische Sachen sind ja eher Sie zuständig, nicht wahr.«

Fünfeinhalb, und Hepp hätte gerne korrigiert »psychosomatische Sachen«, aber er hatte längst erkannt, dass das hier aussichtslos sein würde.

»Wo waren wir stehen geblieben?«

»Der Zettel vom Noel, Sie wollten mir gerade den Zettel vom Noel vorlesen.«

Das hätte der Hepp gerne gesagt, aber er hat es nur kurz überlegt und dann gedacht, ganz dumm wird der Poltrone ja nicht sein, sonst hätte er nicht so ein schönes Büro mit Artemide-Lampe, obwohl, manches Mal geben sie besonders unfähigen Leuten ja gerne noch ein außergewöhnlich geräumiges und schick eingerichtetes Büro mit Artemide-Lampe, quasi als Isolationszimmer oder als eine Art Ruheraum, damit sie keinen größeren Schaden anrichten können, wie auf der Geschlossenen, nur hat es dort keine Artemide-Lampen beziehungsweise nach kurzer Zeit keine Artemide-Lampen mehr.

Der Zettel vom Noel. Der Hepp hatte Dutzende von Noelzetteln, er hätte sein gesamtes Büro damit pflastern können, aber genau dieser letzte Zettel fehlte ihm, und das ist wie mit dem Panini-Album, wo dir am Schluss der Ersatzverteidiger von Kolumbien oder ein Viertel vom Ernst-Happel-Stadion fehlt – das bekommt mit einem Mal so eine Wichtigkeit, dass du im Zweifelsfall auch mal deine Frau zur Verfügung stellen würdest, wenn einer käme und dir dieses Viertel anbieten würde, so wie der Jakob ja sein Erstgeburtsrecht auch für ein Linsengericht hergegeben hat an den Esau oder andersrum.

Aber nun war der Hepp ja ein Meister in Kommunikation, und wenn er so gut genäht hätte, wie er reden kann, dann wäre er jetzt nicht hier beim Poltrone, sondern in seinem privaten Botoxinstitut in Beverly Hills. »Haben Sie denn irgendetwas Verdächtiges gefunden? Oder ist Ihnen etwas ganz Merkwürdiges aufgefallen oder in die Hände gekommen?«

Das kann man immer mal versuchen, mal den Spieß umdrehen, selber Fragen stellen. Patienten versuchen das ja auch manchmal, aber das haben Psychiater natürlich gelernt, und wer stellt hier eigentlich die Fragen bitteschön? Der Hepp gibt dann zum Beispiel immer zur Antwort: »Klar, dass Sie das interessiert, aber lassen Sie mich gegenfragen: Bringt uns das wirklich weiter, wenn ich Ihnen das beantworte?«

Und während die Patienten noch über die Antwort darauf nachdenken, vergessen sie die Frage. Bei Jugendlichen war das ein wenig anderes. Der Hepp war überzeugt, dass Jugendliche das Recht haben, auch etwas Persönliches zu erfahren, dass er gewissermaßen in eine Vertrauensvorleistung geht. Und da sie ohnehin immer nur dieselben drei Fragen stellten, über alle Jahre hinweg (Sind Sie verheiratet? Wie alt sind Sie? Können Sie auch mal sauer sein?), tat er sich einigermaßen leicht mit der Auskunft. Vielleicht sagte er mal hier und da noch »Ja, weißt du, mein Alter, so genau kann ich das gar nicht sagen, weil es sich irgendwie ständig ändert«, aber nur, wenn er gerade Lust hatte, »Sie sind ein Honk« zu hören.

Vom Psychoanalytischen her war es natürlich nicht ganz richtig mit der Ehrlichkeit, weil der Freud gesagt hat, Abstinenzregel und nichts Privates vom Therapeuten in die Therapiebeziehung. Aber da war dem Hepp der Freud für einmal egal, weil auch wenn der Freud seine eigene Tochter in Psychoanalyse hatte, wer war denn hier der Jugendpsychiater, der Freud oder er?

»Ja«, sagte der Poltrone, »etwas haben wir wirklich nicht verstanden, und zwar überhaupt nicht. Ich könnte mir gut vorstellen, dass Sie als Jugendpsychologe ...«

»... -psychiater« korrigierte der Hepp.

»Psychiater?«

»Jugendpsychiater, nicht Jugendpsychologe.«

»Ah, ja, natürlich, verzeihen Sie, aber ist ja gleich …«

Sechs, dachte der Hepp. Oder gleich sieben.

»Ja, dass da Sie als Jugendpsychiater sicher weiterhelfen können.«

Der Hepp dachte, mach deinen Ordner auf, Poltrone. Und als hätte er es esoterisch oder wie auch immer verstanden, öffnete der Poltrone sein Dossier und nestelte etwas unbeholfen darin herum.

»Meine Kollegin hätte das viel schneller, aber die Esoterik, gell … Hier habe ich es.«

Und dann zog der Poltrone das Falsche heraus – also für den Hepp falsch, für den Poltrone war es schon richtig, aber es war eben nicht das Ernst-Happel-Stadion.

»Hören Sie mal, Herr Doktor. Der Zeuge Nico wurde gefragt, ob er eine Idee habe, wer das getan haben könnte. Und er hat wörtlich geantwortet – hier hab ichs: ›Missge‹. Das haben wir nicht verstanden. Wahrscheinlich war es ja nicht dieser Missge – oder die Missge, Jugendliche sagen so was ja nicht frei heraus. Aber vielleicht könnte uns die Spur weiterführen. Haben Sie eine Idee, um wen es sich bei diesem Missge oder dieser Missge handeln könnte, Herr Doktor? Ich meine, der Zeuge Nico hat sich sowie verdächtig gemacht, ich darf jetzt nicht genau sagen, wodurch, aber vielleicht kann man ja einen Zusammenhang sehen, verstehen Sie?«

Da hat der Hepp eine Weile nachgedacht, und der Poltrone hat schon wieder befürchtet, der Hepp könnte es nicht verstanden haben, und deshalb wollte er schon wieder etwas erklären, da fiel ihm der Hepp ins noch nicht begonnene Wort: »Ich weiß jetzt ehrlich nicht, ob Sie das weiterbringt, Herr Poltrone. Ich glaube, mit Ihrem Fall hat das nichts zu tun.«

»Wissen Sie, in diese Phase der Ermittlung müssen wir einfach alles sammeln, auch Dinge, die dem ersten Anschein nach bedeutungslos erscheinen. Ich wäre froh, wenn Sie es mir erklären würden.«

»›Missge‹ heißt Missgeburt – und das bezieht sich vermutlich irgendwie auf Sie oder Ihre Mitarbeiterin.«

Und das auszusprechen, tat dem Hepp weniger gut, als man denken würde, irgendwie war ihm das schon auch zu primitiv, aber zum Nico hat es halt gepasst.

Die Blonde hätte das jetzt sicher sofort aufgeschrieben, und da war für einmal das Nasenbluten richtig praktisch, weil ich weiß nicht, wie der Poltrone das gefunden hätte, wenn das so in die Verfassung aufgenommen worden wäre.

Dann gab es eine kleine Pause, aber nicht so lange wie gestern Abend im Keller des Waldsonnenheims mit dem Meschke. Weil der Hepp wollte ja etwas, den Zettel nämlich.

»Sonst noch etwas?«

»Nein, nicht wirklich.«

Und ich weiß nicht genau, wie Sie über Leute denken, die »nicht wirklich« sagen, obwohl sie erwachsen sind und nicht elf Jahre alt. Aber da hat der Hepp die Hoffnung aufgegeben, dass ihm das Gespräch mit dem Poltrone wirklich etwas bringen würde. Seit der Missgeburt muss das der Poltrone ganz ähnlich eingeschätzt haben, aber das ist das Problem, wenn man den Überbringer der schlechten Nachricht köpft, der ist ja eigentlich meist ein guter Kerl.

Der Hepp hat den Poltrone dann noch darin unterstützt, die Protokolle zu verstehen, aber so viel gab es da gar nicht zu verstehen, nur dem Poltrone hat es schon geholfen, zu hören, dass die Jelena schon seit Jahren nichts redet, und zwar mit gar niemandem, nicht einmal mit dem Hepp. Das hat der Poltrone sicher auch später der Blonden gesagt, weil er ja schon auch irgendwo ritterlich war, der Poltrone.

Obwohl der Poltrone betont hat, dass man froh sei, so viele Aussagen erhalten zu haben, war das Ergebnis doch eher so, wie wenn sie in »Aktenzeichen XY« einen »Mann mit mittlerer Statur, 170 bis 190 Zentimeter groß und mit südländischem oder osteuropäischem Akzent und dunkler Kleidung« suchen.

Immerhin hat der Hepp so erfahren, dass anscheinend niemand etwas von den Röstvorgängen im Keller bemerkt hat, und die Aussage vom Thomas Jenal, der an diesem Abend Dienst hatte, die war insofern spannend, als er auch nichts bemerkt hat, dem Wieland aber die Sauna eingeschaltet habe, weil er sowieso in den Keller habe gehen müssen, um nachzusehen, ob – wie er sagte – »die Kinder« das N und das A wieder an die SAUNA-Tür geklebt hatten, das sie am Tag zuvor mutwillig dort entfernt hatten.

Warum der Poltrone die Aussage vom Jenal auch mit dem Hepp besprochen hat, trotz Schweigepflicht, das war nicht so ganz klar, aber wahrscheinlich lag das daran, dass die Missgeburt doch eine Weile gebraucht hat, bis sie beim Poltrone dort angekommen ist, wo es einen richtig ärgert.

Der Hepp war in Gedanken schon wieder im Kreisverkehr, und tatsächlich stand er sogar schon an der Klitschkotür, da bat ihn der Poltrone nochmal zurück.

»Herr Doktor, darf ich Sie denn um etwas bitten?«

»Na ja …«

»Schauen Sie, als Psychologe kommen Sie doch wahrscheinlich näher an die jungen Leute ran und erfahren vielleicht eher etwas, das für unsere Ermittlungen relevant sein könnte.«

»Möglich. Und?«

»Ich glaube, Sie könnten uns einen großen Dienst erweisen, wenn Sie uns über Ihre Gespräche mit den Jugendlichen in den nächsten Tagen auf dem Laufenden halten würden – ganz diskret natürlich.«

»Es tut mir wirklich leid, ich würde Ihnen ja gerne helfen, und ich verstehe Ihre Überlegung gut, aber Sie wissen ja, die Schweigepflicht.«

Und das hat der Hepp sehr ernst gemeint, weil was bringt es dir, wenn du dem Hepp etwas anvertraust, und der weiß nichts Besseres, als das sofort dem Poltrone oder sonst einem Arschloch weiterzusagen?

Der Hepp war da konsequent, schon immer, und so auch jetzt. Bis sie den Noel gefunden haben, und das hat dann alles geändert.

Im Kreisverkehr hat der Hepp noch gedacht, der Poltrone hat natürlich recht. Das, was er bei seinen Einvernahmen erfahren hatte, war wirklich etwa so hilfreich, wie wenn du bei deinem Zweitausend-Teile-Neuschwanstein-Puzzle zwei Randteile gefunden hast, eines mit Himmel, eines mit Wald.

Der Poltrone hat gemeint, er kann die Jugendlichen mal schnell so befragen, und jetzt hat er gemerkt, dass die nicht einfach … und da klingelte sein Handy, und jetzt werden Sie das halt nicht glauben, das ist mir dann auch egal, aber der Hepp war wirklich gerade im Kreisverkehr. Da kannst du schlecht mal rechts rausfahren, und bis er wo anhalten konnte, war das Klingeln natürlich weg, das werden Sie ja jetzt hoffentlich wenigstens glauben, weil es Ihnen auch immer so geht.

10

Der Hepp hat letzte Weihnachten ein Hemd von seiner Frau bekommen, und da hat er sich anständig gefreut, weil es war gestreift, und das hatte er seit drei Jahren nicht mehr bekommen. Aber um jetzt ganz ehrlich zu sein, der Hepp hat sich fast noch ein bisschen mehr über das Handy gefreut, das sie ihm auch noch geschenkt hat, weil das hatte er seit zweiundzwanzig Jahren nicht bekommen, und damit also noch seltener als gestreifte Hemden. Zweiundzwanzig Jahre war der Hepp jetzt mit Caroline verheiratet, und das bedeutet sechsunddreißig Hemden.

Und wenn Sie jetzt superschlau sagen, zweiundzwanzig Jahre sind zweiundzwanzig Weihnachten, stimmt, und jetzt könnte ich ja behaupten, hat er halt vierzehn mal zwei Hemden bekommen oder zweiundzwanzig von seiner Frau und vierzehn von seinen Freundinnen. Aber das wäre gelogen, weil von seinen Freundinnen hat er nie ein Hemd bekommen.

Aber Sie haben beim Rechnen vergessen, dass auch der Hepp jedes Jahr einmal Geburtstag hat, und jetzt werden Sie schon wieder klug den Finger hochstrecken und sagen: »Algebra Fensterplatz«, und das stimmt ja auch, zweiundzwanzig plus zweiundzwanzig bleibt vierundvierzig, das weiß ich schon auch, aber es gab im Leben von Hepp und Caroline halt auch mal eine Phase, in der er keine Hemden bekommen hat, und zwar nicht, weil frisch verliebt, und da schenkt man sich selbst geschriebene Gedichtbände, Malediven-Reiseführer mit zufällig Flugticket drin und ein Paar-Abo vom Schauspielhaus. Das war nur drei Hemden weniger, fehlen immer noch fünf, und das waren halt die Zeiten, in denen der Hepp gar kein Geschenk bekommen hat, weil wozu auch, da war den Hepps nicht zum Schenken zumute.

Jetzt, letzte Weihnachten also das neue Handy, und der Hepp hat die Bedienungsanleitung gelesen, die ersten vierzehn Seiten, und dann hat er gedacht, das brauche ich eh alles nicht, aber da war er erst bei den Sicherheitshinweisen, dass er das Ladekabel nicht eingesteckt in der Badewanne durchschneiden soll.

Weil der Hepp überhaupt nicht drauskam mit dem Handy, haben ihm die Jugendlichen halt noch gezeigt, wie er mit seinem »Voll Assi«-Handy ins Internet kann, aber das konnte er sich schon nicht recht merken, und das Wichtige steht halt auf Seite 25, und die Jugendlichen finden das nicht so wichtig, nämlich, es ist doch voll uninteressant, wer einen gerade angerufen hat, der schickt ja sowieso in zwei Minuten eine SMS mit »He Alter, was geht, wo bistu?«.

Der Hepp stand hinter dem Kreisverkehr und drückte an seinem Handy herum, und dann war er schon wieder im Internet, aber glauben Sie nicht, dass er herausgefunden hätte, wer ihn angerufen hat. Aber der Hepp hat gespürt, dass das wichtig gewesen war, weil: Nähte vom Psychiater besser nicht, braucht man gar nicht zu diskutieren, Katastrophe, besser die Wunde breit klaffen lassen, ehrlich, aber wenn es ums Spüren geht, so eine Art Esoterik, super.

Und der Hepp hat recht gehabt, er war sehr wichtig, der Anruf, und der Hepp ist einfach stehen geblieben mit Warnblinker an, und einmal hat die Polizei angehalten und ihn gefragt, ob sie ihm helfen können, und da hat der Hepp allen Ernstes gesagt: »Ich bin Notfallpsychiater und erwarte einen sehr dringenden Anruf«, und natürlich war das ein bisschen auch, weil der Hepp schon genug Strafzettel daheim hatte.

Der Anruf kam aber eine ganze Weile nicht, nur die Lisa hat angerufen und wollte ihn einladen für heute Abend, weil er hatte aus Versehen seinen Rasierer bei ihr vergessen, und dieses »aus Versehen«, das kennen wir, und vielleicht würde der Freud da jetzt auch schon wieder was dazu wissen, weil das ist ja ein unbewusster Wunsch, und dann macht man etwas ohne Absicht, damit sich der Wunsch erfüllen kann oder vielleicht sogar muss, aber viel, viel unbewusster als Malediven-Flugtickets, und schon hat man eine »Fehlleistung«.

Der Hepp hat das mit heute Abend offen gelassen, weil er wusste wirklich noch nicht, was noch passieren würde, aber es war vom Gefühl her scheiße, und das müssen Sie mir jetzt einfach verzeihen, aber das, was dann kam, das war einfach so. Und nicht anders. Und wenn Sie da jetzt ein besseres Wort dafür haben, bitte, dann können Sie das Buch ja vollends zu Ende schreiben, echt jetzt.

Der Warnblinker klickte, und der Hepp wusste nicht, was er gerade eigentlich denkt. Vom Denken her so Kreisverkehr, alles durcheinander. Du denkst eine halbe Stunde, und dann bist du wieder genau da, wo du vorher warst. Der Hepp hat da immer Kopfkarussell gesagt, auch bei seinen depressiven

Patienten, weil die liegen nachts bis drei wach, und volles Kopfkarussell, und zwar anders als beim Oktoberfest, nämlich ohne Chip abgeben und dafür auch ohne Pause.

Das war der Unterschied zum Normalkarussell: Normalkarussell lustig, Kinderlachen, fünf Kinderwagen mit funktional oder real alleinerziehenden Müttern dahinter, drei Väter mit klobigen oder billigen Digitalkameras, mit denen sie lauter unscharfe Bilder machen von den falschen Kindern, weil Auslöseverzögerung eine Sekunde, da ist die Bimmelbahn schon längst weg, und du hast so einen verwackelten dicken Migrantenbub in einem Abschleppwagen auf deinem Monitor und nicht deine goldlockige Bimmelbahnführerin.

Kopfkarussell eher Albtraum, Horror, kein lustiges Kinderlachen, weil rundum Abgrund, und so elend das ist, da steigst du besser nicht ab und fährst bis Betriebsschluss mit, und der ist erst um drei, tut mir leid. Kopfkarussell – der Hepp war richtig ein bisschen stolz auf den Begriff, aber er hat geahnt, dass er gar nicht von ihm ist, dass er aber vergessen hat, woher er ihn hatte. Wenn du lang genug vergessen hast, wer das gesagt hat mit dem Zuspätkommen und dass den das Leben bestraft, dann glaubst du am Ende noch gerne, dass es ja von dir kommt. So war das mit dem Kopfkarussell vom Hepp halt auch, aber ist ja auch egal eigentlich.

Jetzt hat das Telefon wieder geklingelt, und schon wieder die Lisa dran, aber dieses Mal nicht mit Erotik, gar nichts mit lustig – und wenn bei der Rechtsmedizinerin nichts mit Erotik und fertig lustig, dann bleibt nicht mehr viel anderes übrig, eigentlich nur noch schrecklich, und so war es auch.

»Paul, wo bist du?«

»Keine Ahnung, Kreisverkehr, außen und innen.«

»Paul, das ist jetzt furchtbar, ich weiß nicht, ich glaube, die haben deinen Noel gefunden.«

Und jetzt mit einem Schlag Heppkarussell Betriebsschluss, hellwach, Herz rast, wo bin ich.

»Ich bin grad auf dem Weg zu ihm. Sie haben mich angerufen.«

Und der Hepp hat nichts gesagt, und jetzt hat die Lisa nicht wie in einem Roman gefragt »Hörst du mich?« oder »Bist du noch da?«.

Weil die Lisa hat gewusst, natürlich hört der Hepp, und natürlich ist er noch da, aber wie es ihm geht, da hatte die Lisa volle Ahnung. »Es ist an der Bahnstrecke zwischen Westbahnhof und dem Tunnel, dem Dingstunnel, egal, also so wie ich verstanden habe, schon im Tunnel, weißt du? Magst du kommen?«

Und das hat sie jetzt nicht sicher gewusst, dass er den Kopf geschüttelt hat, der Hepp. Aber irgendwie doch.

Das ist das Schlimmste, das ist das Allerschlimmste. Das zieht dich aus dem Jetzt. Das glaubst du nicht, und zwar lange nicht, das klammert dir alles zu. Vielleicht glaubst du das sogar nie. Jeden Atemzug musst du gewaltsam in dich hineinpumpen. Und dann weißt du, du hast es falsch gemacht, und das darf nicht sein. Ein Kind darf sich nicht umbringen. Oder anders: Wenn ein Kind sich umbringt, dann hast du es falsch gemacht, egal was. Dann hast du etwas übersehen, vergessen, falsch interpretiert, zu wenig beleuchtet, nicht ernst genommen, du bist zu spät gekommen, oder du hast etwas Falsches gesagt, was wahrscheinlich ja im Schlimmen das Schlimmste wäre.

Als der Hepp noch in der Erwachsenenpsychiatrie war, da hatten sich wohl schon Patienten von ihm umgebracht. Es bringen sich ja auch Leute um, das kann man ja nicht einfach weglügen, bitte. Wenn du in der Geschlossenen arbeitest, dann kommst du morgens immer mit so ein bisschen geduckter Haltung auf die Station, weil die Nachtschwester könnte ja berichten, wen man auf der Reise durch die Nacht alles unterwegs verloren hat.

Oder du zählst heimlich die Patienten durch, so wie dein Klassenlehrer früher in der Metro in Paris erst durch Zählen festgestellt hat, dass der Paul Hepp und zwei andere wohl am Montmartre hängen geblieben sind, aber da hat der Lehrer noch lange nicht gewusst, was die in der Nacht am Montmartre getrieben haben.

Also, die Leute bringen sich halt um, das ist schon so, natürlich nicht in Ordnung, aber die ausgeleierten Venenwände beim Thomas seinen Patientinnen scheren sich ja auch nicht darum, ob das jetzt in Ordnung ist, dass sie so unappetitlich daherkommen. Eine Bäuerin hatte sich in den Getreidesilo gestürzt, zweiundfünfzig war sie, und der Hepp war gerade drei Monate nach dem Examen, und danach war er wochenlang wie gelähmt, auch wenn seine Oberärztin wohl recht hatte: »Herr Hepp, das sind unsere Toten. Das sind die Toten der Psychiater.«

Und als sich der junge Familienvater im Wald erschossen hat, zwei Tage nachdem Hepp ihn aus der Geschlossenen entlassen hat, da hat ihn der Chefarzt zur Seite genommen: »Herr Kollege Hepp, ich habe nicht vor, Sie zu trösten, und noch weniger werde ich Ihnen einen Vorwurf machen. Das machen Sie ja wahrscheinlich eh schon selber genug. Aber ich möchte, dass

Sie realisieren: Es gibt psychischen Krebs. Wir können doch nicht alles verhindern oder heilen, was erwarten Sie denn?«

Richtig, dachte der Hepp damals. Damals. Aber bei Kindern, da gelten diese Regeln nicht, das war dem Hepp immer klar gewesen. Kinder können noch nicht entscheiden, und vielleicht werden Sie mir das jetzt nicht glauben, aber Kinder verstehen den Tod in seiner ganzen Dimension erst mit etwa zehn, zwölf Jahren. Beim Noel galten sowieso alle Regeln nicht, und die Erwachsenenregeln vom psychischen Krebs schon zweimal nicht.

Vielleicht hatte der Hepp ja einfach Glück gehabt, so wie es Lokführer gibt, die nie einen überfahren, und ein anderer kommt gerade aus der Reha, und dann steht da schon wieder einer von denen auf den Schwellen. Vielleicht hatte der Hepp es einfach auch ganz gut gemacht in den letzten Jahren. Wahrscheinlich beides. Jedenfalls war Noel nun der Erste, und der Hepp stand mit Warnblinker da und wusste, das werde ich nie mehr los, wie ein Kainsmal. Das werde ich nicht mehr los.

Irgendwie musste es ja weitergehen, irgendwann musste der Hepp wieder weg hier, und da war es gut, dass die freundlichen Polizisten sicherheitshalber nochmal vorbeikamen, vielleicht auch, weil sie die Sache mit dem Notfallpsychiater noch nie gehört hatten und sichergehen wollten, dass das nicht die eigentliche Zielperson vom Notfallpsychiater ist, die da auf einen ganz dringenden Anruf wartet, zum Beispiel vom Papst oder vom Fürsten der Erleuchtung.

Da ist der Hepp dann weitergefahren und die Polizei hinter ihm her, weil er nämlich gar nicht geantwortet hatte, als die Polizisten gefragt hatten, ob der Anruf noch nicht gekommen sei, und der Hepp hatte nur die Scheibe hochgekurbelt und war losgefahren. Und wer weiß, wenn die Polizisten nicht hinter ihm hergefahren wären, vielleicht wäre er direkt in den Zoo gefahren oder vor Lisas Haus.

Aber so eskortierten die Beamten den Psychiater als eine Art Staatsengel direkt bis zum Waldsonnenheim, oder fast direkt bis dorthin, weil kurz davor bogen sie ab, und ich war ja nicht dabei, aber ich glaube, der eine hat zum anderen so eine Art schraubende Handbewegung am Kopf gemacht, und beide Polizisten haben sich köstlich amüsiert.

11

Wie der Hepp dann im Heim war, hatte er sofort wieder einen Kaffee in der Hand, aber dieses Mal wusste er wenigstens, wieso, weil ihm nämlich Julie die Tasse in die Hand gedrückt hatte, wortlos. Julie war eine strenge, unnachgiebige und vielleicht gerade deshalb erstaunlich beliebte Pädagogin. Bei ihr musste man nicht lügen, weil sie eh schon alles wusste, oder sie las es einem wahrscheinlich ja von den Ohren ab, denn von den Augen konnte nicht sein, weil Julie auch von hinten wusste, ob du lügst oder nicht. Julie hätte man damit zu »Wetten dass …?« schicken können.

Aber als wäre das für die Jugendlichen nicht ätzend genug, war Julie zugleich in einer Weise liebevoll, dass die Jugendlichen ihr entweder konsequent aus dem Weg gingen oder wie Putzerfische um sie herumschwänzelten. Jetzt warum einer liebevollen Pädagogin aus dem Weg gehen? Das ist nicht so einfach zu erklären, vielleicht so: Wenn du acht, zehn, fünfzehn Jahre gehört oder gemerkt hast, wie anders du bist, wie unbrauchbar, wie störend oder wie unerträglich, und dann kommt da eine daher und zeigt dir, dass du einzigartig, toll, brauchbar bist, wer weiß, vielleicht sogar liebenswert, dann passt das nicht, dann ist das, als würdest du angelogen, da könnte dir jemand dein Selbstbild kaputtmachen, und das ist natürlich gefährlich und gleichzeitig aber auch so verlockend.

Der Hepp hatte mal einen Elfjährigen in der Notaufnahme gehabt, der hatte sich vor einen Müllwagen geworfen, um sich umzubringen. Das ist natürlich schon etwas anderes als der Kerl, der sich vor ein paar Jahren in den Stromboli geworfen hat, schön am Rand noch das Hemd und die Brille und das Notizbuch abgelegt, weil das brauchst du im Vulkan nicht, da schmilzt dir eh der Kugelschreiber davon, und dann rein. Müllwagen, das ist ein anderes Selbstbild, Stromboli ist irgendwie von der Inszenierung her größer angelegt.

Als der Hepp die Yasmin vor einigen Wochen gefragt hat, wie sie sich ihre Zukunft vorstellt, da hatte sie in vollem Ernst geantwortet, sie wolle auf einer Müllkippe wohnen, da gehöre sie hin. Für solche Lebensentwürfe sind die Julies unter den Pädagogen gefährlich, die stellen deinen Berufswunsch »Obdachloser« oder dein Selbstkonzept »Abschaum« wortlos infrage. Sehr gefährlich, weil dann muss man sich ja sogar noch Gedanken machen, was denn stattdessen.

Hepp war froh, dass die Julie da war. Natürlich war das Heim schon informiert worden, und nun saßen die Pädagogen mit dem Jenal, der extra »aus dem Frei« (wie er immer sagte) gekommen war, im Pädagogenbüro. Hepp setzte sich dazu, und vielleicht hätte er sich jetzt sogar etwas Karussell gewünscht, weil er kam sich vor wie im Wartezimmer bei seinem Urologen oder, noch schlimmer: wie in einer Selbsthilfegruppe für taubstumme Kaffeenichtleertrinker.

Was wohl der Wieland gesagt hätte, wenn er jetzt zur Tür hereingekommen wäre? Der erste Tag ohne »What's up?«. So ging das jedenfalls auch nicht, da fahr ich ja lieber hundert

Strafrunden im Kreisverkehr, und wenn der Jenal nichts sagt, weil er überfordert ist wie ein unterbelichteter Gymnasiast in der mündlichen Chemieprüfung, dann muss wohl ich etwas sagen, wegen Oberarzt. Der Hepp wollte fragen »Wissen es die Kinder schon?«, und das hörte sich exakt so an wie »Wo ist Yasmin?«. Und da sieht man wieder, dass das Unbewusste meistens einfach stärker ist als das Bewusste, wie wenn du Biorosenkohl einkaufen sollst und mit Erdnussflips nach Hause kommst.

Aber die Pädagogen waren ja nicht beim Hepp im Unterbewusstsein daheim, und deshalb hat der Jenal geantwortet: »Die Kinder wissen es noch nicht.« Und da hat der Hepp gar nicht mehr gewusst, was er denn wirklich gefragt hatte, und eigentlich hätte er jetzt »Na ja …« sagen können, nur, das passte hier natürlich gar nicht, und darum hat er gesagt: »Wir müssen jetzt gleich eine Gruppe machen und es ihnen sagen. Und für heute Abend würde ich alle Eltern einladen.«

Wie der Jenal spontan angeboten hat, diese Gruppe zu leiten, da hätte man für Julie fast schon einen Termin in der Augenklinik vereinbaren können, zur Augapfelfehlstellungskorrektur, aber zum Glück kamen die Augäpfel von selbst wieder herunter, als der Hepp bestimmt sagte: »Wir machen das zusammen, Thomas.«

Wenn Sie jetzt versuchen, sich im Waldsonnenheim eine Gruppensitzung vorzustellen, dann sollten Sie das am besten gleich nochmal anfangen und ganz anders machen. Und dann stimmt es immer noch nicht, weil Sie sich vermutlich nicht vorgestellt haben, dass alles durcheinanderredet und es von Vollspackos, Opfern und »ihren Müttern« nur so wimmelt, und dazwischen ein paar wirklich engagierte Pädagogen, die in ihrer Ausbildung zwar gelernt haben, wie man motivierten jungen Leuten Schranken zeigt oder warum man auf einen Baum klettert, denen aber niemand gesagt hat, was man damit anfangen soll, wenn dir einer ein »Sie arbeiten ja nur hier, weil Sie kleine Kinder so mögen, gell?« entgegenhält, während du eigentlich den Plan für den Abend festlegen willst.

Da konnte es der Hepp den Pädagogen nicht verdenken, wenn sie ihn aufforderten, ein paar mehr Jelenas zu bringen, weil Jelena immer die Ruhe selbst, selbst wenn alle anderen sich einig waren, dass der Jenal eigentlich ja Anal heißen sollte, Thomas Anal.

Heute war die Stimmung anders, irgendwie. Der Hepp saß dabei, und das war ungewöhnlich oder sagen wir eher: bedrohlich. So bedrohlich, dass sogar der Phil dasaß, und der hat sich sonst kaum mal aus dem Bett geschält, der war ja auf eine zähe Art verbacken mit seiner Matratze. Alle saßen da, und der Hepp hat für einen Moment sogar gedacht, er sieht die Yasmin, aber das war jetzt keine Halluzination, sondern da hätte jetzt wahrscheinlich auch der Freud einfach nur Wunsch gesagt.

Als sie es den Jugendlichen mitgeteilt hatten, da war der Hepp irgendwie ganz woanders. Am liebsten hätte er jetzt auch mit Charlotte geheult. Charlotte hatte noch nie geweint, seit Hepp sie kannte, eineinhalb Jahre Tapferkeit, aber Charlottes Vater war mit dem Auto in eine Felswand gefahren, einfach in der Kurve geradeaus, da haben sie zuerst gesagt, Unfall, nasse Straße, aber Unfall mit Abschiedsbrief in der Jackentasche, das ist selten, und da gilt die alte Medizinerregel auch in der Unfallmedizin, dass nämlich Seltenes selten und Häufiges häufig ist.

Und dann ist Charlotte ausgestiegen und zum Problemkind geworden, und natürlich hatten alle Verständnis für sie, das arme Kind, aber im Unterricht auf jede Frage nur noch »scheißegal« sagen, das ist halt schwierig, und die Eltern von den anderen Kindern halt auch besorgt, weil alle nur noch Angst vor der Felswand, und so war sie ins Waldsonnenheim gekommen.

Marcel saß versteinert da, und das war auch das erste Mal, weil normalerweise hat der Marcel praktisch nach jeder Gruppensitzung eine Tür eingetreten oder eine Lampe heruntergerissen oder wenigstens ein paar Gläser durch das Esszimmer geworfen, zumindest dann, wenn man ihm für die Folgewoche eine Aufgabe gegeben hatte, zum Beispiel Tischdecken oder noch etwas Schlimmeres. Und nun saß er einfach da, wie ein Stier nach der Bekanntschaft mit dem Torero.

Der Hepp hat das so sehr verstanden, aber nicht wie die Leute, die dir sagen, klar, ich verstehe Sie gut, mir würde es genauso gehen, wenn ich in Ihrer Situation wäre, so viele Kinder und dann die Wohnung räumen müssen in zwei Monaten, da habe ich volles Verständnis dafür, aber es ist nun mal so, dass wir gar nicht anders können, gesetzlich schon allein. Nein, dem Hepp sein Verständnis war ganz anders, auch nicht einfach ein Psychiaterverständnis, das ja meistens schon besser ist als das, was man sonst so vom Leben erwarten darf.

Der Hepp hat doch selber gelitten wie ein Hund, er wusste auch gar nicht, was er da redet, als er sagte, wenn irgendjemand etwas wisse, dann sei es jetzt wirklich nicht die Zeit, aufs Maul zu hocken, sondern jetzt gehe es ums Leben, also echt, und zwar ums Leben von der Yasmin.

Der Hepp hat das in der Gruppe gut gemacht, und das konnte man auch daran ablesen, dass der Jenal überhaupt nichts gesagt hat, und das war nun wirklich gar nicht seine Art, ich meine, fürs Schweigen hat er ja an der Fachhochschule nicht fünfeinhalb Jahre studiert.

Aber jetzt hat sogar der Jenal nichts gesagt, und wenn der Hepp nicht gewusst hätte, warum, dann hätte er glatt Angst bekommen, jetzt hat er halt doch den Schlaganfall, den der Hepp ihm bei seiner Raucherei immer vorgerechnet hat, natürlich wirklich nur im Spaß, aber schon wieder ein bisschen Freud, nämlich der Freud hat ja gesagt, der Witz ist eine prima Leistung des Unbewussten, um sich Konflikte zu ersparen. Und wirklich, das Leben vom Hepp war ja kompliziert genug, da hätte er nicht auch noch einen Konflikt mit dem Jenal gebraucht.

Und dann hat sich die Rantha gemeldet, und da hätte der Hepp fast selber den Schlaganfall bekommen, den er (im Spaß!) eigentlich für den Jenal gebucht hatte, nämlich die Rantha war so eine Mischung aus depressiv und aggressiv, eigentlich seit ihre Eltern sich getrennt hatten, weil der Vater war halt traditionell, und die Mutter schon auch, aber anders, und nach der Entführung zu den Großeltern in Diyarbakir, wie sie da wieder zurückkam, die Rantha, da hatte sie irgendwie alles vergessen, was sie in den sechs Jahren Schule gelernt hatte, hat nur noch Türkisch gesprochen und angefangen zu klauen, und da hat man sie lange untersucht und dann auch noch in eine Spezialklinik getan, wo sie nochmal ganz viele Tests gemacht haben, rauf und runter, Hamilton-Depressionsskala, Beck-Depressionsinventar, CBCL und so Sachen, da habe ich jetzt wirklich keine Zeit, das alles zu erklären, da müssen Sie halt nachlesen im Internet, weil das hat sogar der Hepp selber auch so gemacht, ich meine, das glaubt doch niemand, dass ausgerechnet der Hepp das alles gewusst hätte.

Jedenfalls war die Rantha viereinhalb Monate in der Wiesenbergklinik, und am Schluss waren die Fachleute »einigermaßen sicher«, dass die Rantha möglicherweise an einer Störung leidet, die man »emotionale Störung des Kindesalters« nennt. Und da haben sie den Hepp angerufen, und der hatte wirklich gerade einen Platz, und die Sozialarbeiterin vom Jugendamt war sehr glücklich – glücklicher jedenfalls als die Rantha, und gut, jetzt werden Sie sagen, klar, kein Jugendlicher will ins Heim, und da muss ich jetzt aber echt widersprechen, weil die Erwachsenen haben keine Ahnung, wie elend es manchen von denen geht, und irgendwann gehst du als Mensch überallhin, wenns von dort nur ein bisschen warm herkommt.

Aber eben: Rantha war überhaupt nicht einverstanden, und jetzt konnte sie plötzlich doch wieder Deutsch, aber nur ein paar Vokabeln, also genauer gesagt »Scheißheim«, »Mega-Opfers« und »Jugendamtfotze«, und an das mit der Jugendamtfotze musste jetzt der Hepp immer denken, wenn er mit der Frau Stegmaier telefonierte, aber natürlich war dieses Wort trotzdem überhaupt nicht in Ordnung, keine Frage, das war klar.

Und jetzt war die Rantha sieben Monate da, und der Hepp war ja ein geduldiger und genügsamer Arzt, aber er hat sich öfter die Frage gestellt, was er eigentlich anziehen soll, wenn sie ihn eines Tages nach Stockholm einladen, wegen dem Medizinnobelpreis, Heilung Rantha. Wenn jemand so alles tut, um nicht gesund zu werden, sondern im Gegenteil immer kränker wird, Rantha zum Beispiel, also zum Beispiel Kiffen anfangen, Selbstverletzungen sowieso, dick werden oder das Gegenteil oder beides hintereinander oder vielleicht auch mal gleichzeitig, dann hat er oder halt in dem Fall sie in aller Regel gute Gründe dafür.

Das war sowieso die Überzeugung vom Hepp, jedes Verhalten ist so lange sinnvoll, wie der Einzelne kein überzeugendes Besseres gefunden hat, aber ich glaube, das haben wir schon besprochen. Das hat jedenfalls nicht nur etwas mit Psycho zu tun, sondern mit Menschsachen allgemein sozusagen.

Bei Rantha hatte Hepp zwar noch nicht diese guten Gründe richtig verstanden, aber er war auf der Spur, und das ist für Psychiater jetzt ein bisschen langweilig, die können ja die nächsten zwei, drei Sätze überspringen, dann sind sie schneller fertig: Wenn ich gesund werde, so könnte Rantha ja vielleicht merken, dann muss ich hier weg – und was dann? Wo soll ich denn hin? Zu meiner Mutter, die den ganzen Tag jammert, weil das Geld nicht reicht, und die Angst hat, mich aus dem Haus zu lassen, und die immer dünner wird und kein Wort Deutsch und so spricht? Zu meinen Großeltern etwa, zurück ins osmanische Mittelalter? Hallo?

Das war das, was der Hepp den Pädagogen erklärt hat, wenn einmal wieder kam »Die ist viel zu krank für uns, die wird immer kränker«, oder wenn der Wieland mal wieder einen neuen Platz gesucht hat für die Rantha, weil er »nicht mitschuldig« sein wollte, wenn dieses Mädchen sich zugrunde richtet, aber in Wirklichkeit hat der Wieland nur Angst gehabt, dass irgendwann in der Zeitung steht, dass sich eine Jugendliche im Waldsonnenheim an den Heizkörper gehängt hat.

Das ist halt so ein Problem von solchen Institutionen, dass man schnell einmal den Eindruck bekommen kann, wenn ich nicht rechtschaffen dumm tue und wenn dann selbst dem Psychiater nichts mehr auffällt, dann geben die meinen Platz einem, der anständig Tankstellen überfällt oder dem Lehrer ein Blatt gibt mit »Ich weiß, wann ihre Tochter zum Klavierunterricht geht«.

Jetzt können auch die Psychiater und die Psychologen wieder mitlesen, weil man muss schon eines wissen: Es war auch wirklich brutal mit Rantha, und der Hepp hätte nicht tauschen wollen mit den Pädagogen, vor allem nachts nicht, da hätte man ihm schon das Masochismuszentrum im Hirn elektrostimulieren müssen oder dreieinhalb Doppelzentner Unerschütterlichkeit infundieren. Wenn die Rantha in Fahrt kam, dann konnten die Sozialpädagogen schon mal den Handwerker anrufen, also zuerst die Polizei natürlich, und dann den Handwerker, es war nur immer noch spannend, welchen, am besten gleich den Maler, den Glaser auf jeden Fall und je nachdem auch den Schreiner und manchmal noch den Chirurgen.

Jetzt hatte sich also Rantha gemeldet, und das war allein schon so außergewöhnlich, dass der Hepp in Gedanken schon den Flug nach Stockholm gebucht hat, aber was sie sagte, das war für den Hepp, wie wenn du nur noch die Sechzehn brauchst, und dann sagt das hübsche Fräulein im Fernsehen: »Und mit der Sechzehn haben wir die sechs Zahlen komplett.«

»Yasmin weiß es. Sie hat mir gesimst. Sie will kommen, aber sie hat Schiss. Ich glaub, ihr gehts scheiße.«

Und der Jenal hat schon wieder nichts gesagt, obwohl sie ihm ja auf der Fachhochschule beigebracht hatten, dass man solche sprachlichen Entgleisungen am besten sofort aufgreift und mit dem Jugendlichen überlegt, ob es dazu auch noch Alternativen gäbe.

Kreisverkehr. Wie geht es eigentlich dem Wieland? Den haben wir ja fast vergessen. Warum hat Rantha nicht früher gesagt, dass sie weiß, dass Yasmin und Noel zusammen unterwegs waren, bis Noel gesagt hat, er geht ins Heim zurück? Warum hat der Jenal dann doch noch was gesagt, nämlich »Rantha, danke – ich muss jetzt darüber nachdenken, was das für uns alle und für dich bedeutet, dass du uns das erst jetzt erzählen wolltest«?

Das war es ja wahrscheinlich nicht, was der Freud meinte, als er schrieb: »Die Stimme des Intellekts ist leise, aber sie ruht nicht, ehe sie sich Gehör verschafft hat.« Anders formuliert: Warum stimmte das mit dem Schlaganfall eben leider doch nicht?

Yasmin lebt, Gott sei Dank. Wie geht es Yasmin? Lisa, ich muss Lisa … warum ruft die eigentlich nicht an? Und da weiß man dann auf einmal, warum man im Auto nicht ans Handy soll, auch nicht um die »Anrufe in Abwesenheit« nachzuschauen, weil der Vordermann hat das gute Recht, im Kreisverkehr auch mal zu bremsen. Kreisverkehr mit Zebrastreifen ist sowieso die Marsmission für Autofahrer, und der Hepp bekam dann halt eine neue Stoßstange für seinen Fiat, aber das war sogar noch gut, weil die alte eh gerostet, überhaupt, eigentlich der ganze Fiat gerostet, wie immer.

12

Lisa war noch nicht zu Hause. Der Hepp dachte nach, warum wohl und was die Lisa jetzt gerade wohl macht, und das war so unerträglich, dass er lieber auf der Stelle zehn Nachtdienste im Rantha-Heim am Stück gemacht hätte, als das weiterzudenken. Dass er und Lisa noch einmal denselben Patienten haben würden, damit hatte der Hepp nicht rechnen müssen, ehrlich nicht. Und jetzt war es so, der Hepp musste sich an seinem Fiat festkrallen, bis er den Rost unter den Fingernägeln spürte, und dann kennt man das ja, hallo, was machen Sie denn da an meinem Auto, weil eben auch Fiat.

So wenig hatte der Hepp glaub noch nie gesprochen bei einem Abendessen. Doch, einmal, damals, als die Caroline ihm erklärt hat, so nicht, und entweder Paartherapie oder Trennung und ob er es denn nicht merkt. Eine Frage wie eine abgehangene Mailänder Salami. Damals hat der Hepp auch nichts gesagt, klar, was soll man denn auf diese blöde Frage antworten, und die Frauen stellen sie immer, als ob das auf dem zweiten X-Chromosom codiert wäre.

»Doch, Caroline, ich merke es auch« ist jedenfalls nirgends auf dem kleinen Y-Chromosömlein zu finden, da können die Carolines der Welt so viel betroffene Gesichter machen, wie sie wollen, wenn sie mal wieder diese unsinnige Frage gestellt haben.

Aber damals hat wenigstens die Caroline die ganze Zeit geredet, wie für zwei, und jetzt war es anders, nämlich der Hepp hat fast gehört, dass Lisas Provisorium bei jedem Biss ein wenig knirschte. Es war irgendwie alles gesagt, schon als die Lisa ihn von der Treppe aufsammelte, auf der der Hepp wie so ein Vileda-Bodenwischtuch zusammengeschlampert saß. Oder kauerte.

Na ja, der Hepp hatte ja auch nicht wirklich geglaubt, dass eine Verwechslung, aber ehrlich gesagt hatte er es schon geglaubt. Aber die Einzelheiten, ich weiß nicht, ob Sie einmal einem echten Rechtsmediziner zugehört haben, also nicht »CSI Miami«, meine Herrn, da ist es egal, ob Noel oder die Großmutter, die wegen der Lebensversicherung sanft unterstützt und zeitgerecht zum Kauf der Eigentumswohnung hat gehen dürfen, das hält man kaum aus.

Im Studium hatte der launige Rechtsmedizinprofessor in der auffallend gut besuchten Vorlesung »Ersticken, Erdrosseln, Erwürgen« zum Beispiel mal von der Frau erzählt, die sich mit dem Brotmesser den Hals aufgeschnitten hat, aber davon stirbt man ja nicht einfach, und weil sie so eigentlich noch besser Luft bekommen hat als vorher mit ihren hypertrophen Polypen, hat sie halt mit einer passenden Kerze die lästig klaffende Luftröhre abgedichtet – das hat ja dann schon etwas Sakrales, auch wenn ihr zum Anzünden dann wohl doch die Puste ausgegangen ist, meinte der Rechtsmediziner, bitte, da kann ich jetzt nichts dafür.

Sehen Sie, ich bin überzeugt, wenn Sie so was lesen, dann wollen Sie die Geschichte mit dem Kamm und dem Brillenputztuch gar nicht erst hören, und dem Hepp ging es eben genau gleich, natürlich noch mehr, wegen Noel. Der Hepp brauchte keine Einzelheiten, heute nicht, vielleicht morgen oder in vierundzwanzig Jahren mal. Und darum haben sie auch nicht darüber geredet, was sie beim Noel gefunden haben, und das ist jetzt wirklich schade, das werden wir noch sehen. Aber ich kann den Hepp schon gut verstehen, mir würde es genauso gehen in so einer Situation, da habe ich volles Verständnis dafür.

Der Hepp und die Lisa haben dann noch miteinander geschlafen, und jetzt müssen Sie da nicht verwundert tun oder daherkommen und sagen total unrealistisch, weil das haben Sie nämlich selber auch schon mal gemacht in so einer Lage.

Die Yasmin kam noch am gleichen Abend zurück, und der Hepp hat gerade mit verschiedenen merkwürdigen Häkchen aus Lisas Necessaire versucht, den Krümelrost unter dem Mittelfingernagel herauszubekommen, aber man kann ja sagen, was man will, über Fiat, jedenfalls der Rost ist hartnäckig. Natürlich klingelt das Handy genau dann, wenn beide Hände voller Seife sind, und dann war das Handy natürlich gleich im Waschbecken.

Zum Glück kannte die Caroline ihren Mann und wusste, dass er manchmal mit der Feinmotorik eher in der Regionalliga unterwegs ist, und eigentlich hätte man den Hepp schon dafür nach Stockholm einladen müssen, dass er nicht Augenarzt geworden ist, mehr Dienst am Patienten ist ja gar nicht möglich, und das Collier mit dem klemmenden Verschluss hat ja damals der Juwelier dann doch noch recht kostengünstig repariert.

Aber dass sie dem Hepp ein stoß- und wasserfestes Handy geschenkt hat, das war zwar sinn-, aber nicht taktvoll, und sie hat natürlich gemerkt, dass er nicht bundesligaartig zufrieden war, sondern eher Kreisliga, und dann können Frauen das ja nicht einfach so stehen lassen, die Caroline jedenfalls nicht, und so ist sie halt alleine in die Kirche gegangen, und er hat zum vierten Mal »Forrest Gump« geschaut.

Wenn es wenigstens rutschfest wäre, hat der Hepp noch gedacht, dann könnte man auf stoß- und wasserfest komplett verzichten. Aber das ist halt auch auf dem magischen X-Chromosom, dass die Frauen in Wirklichkeit schon wissen, dass sie es mit dem wasserdichten »Idiotenhandy« (das hat der Hepp dazu gesagt) richtig gemacht haben, auch wenn der Mann erst einmal ein bisschen zerknirscht ausschaut.

Der Hepp war tatsächlich froh, als er da unten im Schaum und zwischen Fiatresten »Waldsonnenheim« blinken sah. Da konnte er sogar sofort drangehen, und manchmal ist man sogar noch glücklich, obwohl der Jenal direkt in deinem Ohr sitzt.

Dass die Yasmin betrunken war, das war dem Hepp unwichtig, aber dem Jenal nicht, sonst hätte er in drei Minuten nicht achtmal das Wort »Konsequenzen« eingebaut, aber vielleicht lag es daran, dass der Schaum halt doch irgendwo eingedrungen war oder doch ein bisschen Fiat-Rost auf die Platine, der Hepp hat ungelogen acht Mal »Strafe« gehört.

Der Hepp hat dann ein paar Tage später mal selber nachgeschaut in seinem Handy, und das Aufschrauben war schon schwierig genug, aber reden wir nicht über das Zuschrauben, da ist jetzt wieder der Kreisverkehr mit Zebrastreifen Verkehrsübungsplatz dagegen, weil das, was man da alles herausholt, das passt da unmöglich alles rein.

Ein bisschen wie bei den Bauchoperationen im Medizinstudium, hat der Hepp noch gedacht, weil da haben sie ihm auch immer gesagt, er soll das einfach wieder alles hineinstopfen, das findet schon seinen Platz, aber er hat das beim besten Willen nie in den Bauch hineinbekommen, dann hat der Oberarzt immer ein bisschen geseufzt, und dann musste das eben doch der Assistenzarzt machen, sonst würden die offenen Bäuche bald reihenweise nebeneinanderliegen, und es würde im Abdomen-OP ein bisschen aussehen wie nach der Treibjagd im Bayerischen Wald.

Der Hepp war froh, dass die Yasmin zurück war, aber nicht dass Sie jetzt denken, nur deswegen ist das mit der Lisa überhaupt gegangen, also der Hepp hätte das auch hinbekommen, wenn der Jenal nicht angerufen hätte. Da können Psychiater Beruf und Freizeit schon trennen, wenn die Hormone mithelfen sowieso. Aber vielleicht war das trotzdem hilfreich für den Hepp, psychovegetativ, so genau weiß man das ja nicht. Da gibt es bestimmt auch etwas dazu vom Freud.

13

Das war jetzt dem Hepp auch noch nie passiert, dass er so verschlafen hat. Dass du einen Zettel auf dem Kopfkissen findest oder in der Küche, das gibt es ja im richtigen Leben gar nicht, deshalb hat der Hepp auch erst gemeint, er spielt jetzt in einer Fernsehwerbung mit, Deospray, er wacht auf, ihr Deo immer noch am Kopfkissen, aber sie schon längst wieder bei der Arbeit, also beim Joggen am Meer. Lisa in dem Fall bei der Arbeit, und zum Glück waren keine Kameras auf den Hepp gerichtet, so weit kommts noch.

Eigentlich hatte der Hepp noch schnell bei der Uniklinik vorbeifahren wollen, weil keine Ahnung, wie es dem Wieland geht, aber um halb elf hatte er den Termin mit der Yasmin, das würde der Wieland sicher verstehen. Da hat der Hepp ja noch nicht gewusst, dass das dem Wieland gerade sein kleinstes Problem war, weil wenn man da überhaupt noch von Problemen reden kann, dann wahrscheinlich höchstens, hey, what's up, warum ist es eigentlich so kalt hier. Und so dunkel. Da wär ich ja noch lieber in der Sauna.

Der Poltrone war ein Frühaufsteher. Der hat der Blonden jeden Morgen gesagt: »Der frühe Vogel fängt den Wurm«, weil sie immer gegähnt hat, und sie hat sich jedes Mal gedacht:

Der frühe Wurm verdient den Vogel, und überhaupt, Poltrone, du Arsch, wenn du eine Ahnung hättest, was für einen Wurm ich heute ganz früh im Club schon wieder gefangen habe. Die Blonde war nämlich auch so eine Spezialistin wie die aus der Deowerbung, nur dass sie halt nicht schön am Meer joggen durfte, sondern mit dem Poltronevogel zum Waldsonnenheim fahren musste, um die Yasmin abzuholen. Da unterschätzt man gerne mal die Polizei, weil kaum hat der Jenal die Fahndung revoziert, schon war die Mail beim Poltrone im Posteingang, und da hat der Hepp gerade zum ersten Mal sein Gesicht in Lisas Zettel gedreht, da stand der Poltrone schon mit der Blonden vor dem übermüdeten Jenal.

Yasmin war das sozusagen gewohnt, dass die Polizei sie irgendwo abholt. Es war höchstens noch so eine Art Spiel, wo das passiert, Katz und Maus auf Ernst. Gut, Kaufhaus, das war jetzt schon fünf-, sechsmal, von daheim zweimal, nämlich einmal, als der Vater Mamas neuen Freund auf seine Art ganz von nah kennenlernen wollte, und das andere Mal, als sie sie im Kaufhaus nicht erwischt haben, aber der Herr Detektiv hat sie halt schon ein bisschen gekannt, zweimal von Miro, das war aber gemein, weil sie gesagt haben, Miro ist vierundzwanzig und sie damals erst vierzehn, aber das war nichts Sexuelles, sondern nur Kiffen, mehr nicht, einmal von der Bahnüberführung am Hauptbahnhof, danach zwei Monate geschlossene Kinderpsychiatrie, und einmal aus der »Wildererhütte«, also Bordell.

Danach kam sie dann ins Waldsonnenheim, und ehrlich gesagt war sie ja schon irgendwie froh, weil das Katz und Maus hatte sie ja klar gewonnen, und jetzt war es irgendwie mal genug. Die Sache mit dem Bordell war Yasmin wirklich zu viel geworden; zuerst war es noch spannend und vor allem lukrativ, das stand ja in keinem Verhältnis zu ihrem Taschengeld, aber so ganz hat sie das nicht verstanden, was da abgeht.

Das gab dann natürlich eine riesige Sache, aber sie haben eigentlich keinen verurteilt, weil die haben ja nur Fotos gemacht und außerdem hatte ihnen der Andi, der »Hütten«-Wirt, gesagt, kein Problem, die Yasmin ist blutjung, aber klar über achtzehn, und das haben die Herren mit den Wilderer-Bademänteln gerne geglaubt, und vor Gericht haben die dann alle gesagt, so genau hat man das ja bei dem Schummerlicht in der »Wildererhütte« gar nicht gesehen, und sie haben auch immer ohne Blitz fotografiert, aber der Andi war eines Nachts plötzlich weg, und da stand auch schon die Polizei in der »Hütte«, mitten zwischen den Heuballen, aber natürlich nicht in Bademänteln, sondern richtig, alle mit Helm und Stöcken, wie sie sie in der »Hütte« nicht mal im zweiten Untergeschoss hatten. Und dann haben sie die »Hütte« dichtgemacht, da haben die Wilderer halt im »Schneckenhäuschen« jagen müssen.

Als der müde Jenal jetzt die Yasmin aufgeweckt hat, weil der Poltrone unten wartet und sie mitnehmen wollte, da hat die Yasmin sich im Bett herumgedreht und etwas gesagt, da hätte der Jenal sofort wieder eine »Intervention machen« müssen, aber der Jenal war so müde, dass er für einmal alles vergessen hat, was er an der Fachhochschule gelernt hatte. Und schließlich hat er die Yasmin einfach gepackt und im Schlafanzug zum Poltrone runtergezerrt, und das war jetzt allen ein bisschen peinlich, nur dem Jenal nicht.

Die Yasmin hat gesagt, die Scheißbullen sollen sich verziehen, sie rede wenn, dann nur mit dem Hepp, und da hat sich in dem Poltrone eine Stimme gemeldet mit einem Satz der mit »Na warte« anfängt, und das ist meistens kein guter pädagogischer Ratgeber, aber das konnte der Poltrone nicht wissen, weil er hatte selber keine Kinder und auch keins von den dreitausend Büchern gelesen, wie man seine Kinder dazu bringt, das zu tun, was uns auch nicht geschadet hat.

Jedenfalls hat der Poltrone dann doch Verstärkung gebraucht, weil die Yasmin natürlich wieder zurück ins Bett und Tür abgeschlossen und Zeug auf den Hof geworfen, das ganze Programm, aber da war der Poltrone dann schon froh, dass die »Na warte«-Stimme schließlich gewonnen hat und dass die Yasmin jetzt auf dem Stuhl in seinem Büro saß.

Aber gesagt hat sie halt wirklich nichts, und ich glaube, das können Sie sich schon vorstellen, wie das ist, wenn sich in so einer Yasmin auch eine kleine Stimme meldet und Sätze herstellt, die mit »Du Honk« anfangen, da kannst du noch so viele Salzbrezeln und Orangensaft auffahren und die Blonde mit ihrem schönsten Lächeln (außer wenn sie abends im Club ist, da kann sie es noch ein bisschen besser), aber die Yasmin bretthart. Jetzt hat der Poltrone gar nicht gewusst, was er tun soll, weil einfach mit der Yasmin zurück ins Heim fahren, das wäre ja auch irgendwie so wie die Unterschrift vom Jodl damals, 45, in Reims, Kapitulation.

Andererseits will man so was ja auch nicht bei sich im Büro sitzen haben, und da haben jetzt die Jugendpsychiater schon einen Vorteil, weil die werden auch bezahlt, wenn fünfzig Minuten geschwiegen wird, aber was soll er dem aufdringlichen Kerl von der Mordkommission erzählen, der sich heute

Morgen gemeldet hat, weil es ja jetzt nicht mehr um schwere und gefährliche Körperverletzung geht, sondern mindestens um Körperverletzung mit Todesfolge oder um Mord.

Zum Glück hat die Blonde eine gute Idee gehabt, sie hat der Yasmin gesagt, sie fährt sie jetzt zurück ins Waldsonnenheim, und da soll sie doch erstmal mit dem Doktor Hepp sprechen, und so lange kann der Poltrone den Wurm verdauen, den er da jetzt heute Morgen gefangen hat. Und dann hat sie noch den Orangensaft aufgewischt, den die Yasmin zufällig umgeworfen hat, und die Salzbrezeln hat sie auch aufgesammelt, die die Yasmin zufällig runtergeworfen hat, und das war schon tapfer von der Blonden, weil die Yasmin hat sogar noch so ein bisschen zufällig draufgespuckt.

Die Blonde jedenfalls ganz fürsorglich, und dann sind sie zurück ins Heim gefahren, und da hat der Hepp schon gewartet und sich fast ein bisschen wie damals der Stabschef vom Eisenhower in Reims gefühlt, weil er geahnt hat, dass die Yasmin einem wie dem Poltrone sicher nichts erzählen würde, weil Bulle bleibt Bulle, auch mit Salzbrezelchen. Aber natürlich hat der Hepp das Eisenhower-Gefühl auch ein bisschen schäbig gefunden, nur, was willst du denn machen, auch als Psychiater hat man ja seine Gedanken, da bist du ja nicht einfach ein guter Mensch, nur weil sie dir vom Regierungspräsidium eine Urkunde zuschicken, auf der steht, dass du jetzt Arzt bist.

»Yasmin«, hat der Hepp gesagt, »ich bin froh, dass du da bist. Einfach froh.« Und jetzt war das Spezielle vom Hepp, dass er eben keine Frage gestellt hat wie die Poltrones oder wie die jungen Assistenten, sondern jetzt hat er es einfach ausgehalten, dass die Yasmin nichts gesagt hat.

Und dann hat die Yasmin noch weiter nichts gesagt, und das hat dann der Hepp auch ausgehalten, und jetzt werden Sie wahrscheinlich sagen, so kann das aber nicht weitergehen, ich habe ja auch noch anderes zu tun, Wäsche bügeln, Badminton mit dem Kollegen oder den Sonnenschirm zuklappen und zurück zum Hotel, also irgendwann muss es ja weitergehen, ich kann doch jetzt nicht seitenlang lesen, wie der Hepp und die Yasmin sich anschweigen; na ja, wenigstens habe ich das Buch ja als Remittende gekauft, da ist dann zumindest nicht so viel Geld kaputt. Aber ich habe ja nicht gesagt, dass Sie da einen Thriller kaufen, wo Sie dann nach zwanzig Minuten schon bei Seite 140 sind und dann die Wäsche ungebügelt bleibt, und Sie träumen dann von riesigen Sonnenschirmen, die Sie zuklappen, und dann sehen Sie den Helikopter, aber zu spät, Sie werden über den Strand gejagt und mit zwei Maschinengewehren – ratatatata – erschossen.

Nein, wissen Sie, in der Jugendpsychiatrie geht das halt nicht so wie beim Thomas, der macht zwei Striche und drei Kreise mit dem Edding auf den Unterschenkel, Narkose, zack, schon ist die labberige Vene draußen und liegt in der silbernen Nierenschale. Das hat auch der Hepp erst verstehen müssen, aber ehrlich gesagt, es kam ihm entgegen. Das war ja auch der Grund, warum Kinderpsychiatrie nichts für die Lisa gewesen wäre, weil bei der war klar, wenn sie jetzt die Holzwolle nicht schnell in den Brustraum stopft, dann stauen sich unten im Empfangsraum die hoch lebensversicherten Großmütter, also schnell diktieren, der Nächste bitte, und her mit der Rippenschere, knack, knack.

Aber damit Sie noch zu Ihrer Bügelwäsche kommen: Die Yasmin hat dann weiterhin nichts gesagt, aber sie hat geweint, und der Hepp war ja ein alter Hase, was hatte der schon alles erlebt, meine Güte, nur bis heute hatte er noch nicht herausgefunden, was er am besten machen soll, wenn Jugendliche weinen.

Klar, er saß dann nicht ohnmächtig da, aber er fand es daneben, dann eine Frage zu stellen, aber auch daneben, die Schluchzende einfach anzustarren, und die Nummer mit dem Kleenex-Tüchlein, die war gar nichts für ihn, das wäre vielleicht was für die Blonde gewesen, wenn die Kindertherapeutin wäre, aber nur ein bisschen an der Jugendlichen vorbeischauen und warten, das ist auch nicht richtig. Da war der Hepp wie ein Anfänger.

Er hätte noch mit dem Kopf nicken können und »Ja… ja…« sagen, aber er wollte ja auch nicht wie so ein hilfloser Sozialarbeit-Praktikant daherkommen. Schwierige Situation.

Und die Yasmin hat es ihm nicht leichter gemacht, weil jetzt lief ihr halt doch der Rotz, und der Hepp hat halt kein Kleenex gehabt, da hätte er sich jetzt wirklich selber ohrfeigen können, aus lauter Stolz hat er kein Kleenex im Büro gehabt, und das war ja jetzt nicht das erste Mal, dass da Rotz lief; in seinen Hosentaschen war schon ein ungebrauchtes Taschentuch, also es war wieder trocken und er hatte damit ja auch nur sein Handy abgetrocknet, aber gut, das kannst du natürlich nicht anbieten.

Und deshalb ist der Hepp kurz raus und hat Kleenex geholt aus dem Besprechungszimmer der Sozialpädagogen, aber wie er zurück war, hatte die Yasmin das schon am Ärmel abgestreift. Meistens können die Jugendlichen dann reden, das wusste der Hepp, aber jetzt nichts fragen, das ist schon höhere Schule, und das konnte der Hepp.

»Ich bin schuld. Verfickt nochmal, ich bin schuld.«

Und dann kann man genau zwei Sachen sagen: »Magst du einfach mal erzählen?« oder »Nein, du bist doch nicht schuld.«

Man kann auch noch mehr sagen, schon klar, aber es ist alles genau zwischen diesen beiden Sätzen, näher beim einen oder näher beim anderen. Wenn du jedenfalls das Zweite sagst, dann kannst du genauso gut sagen: »Guten Tag, ich bin hier der Praktikant, ich mach jetzt zum ersten Mal so ein Gespräch. Wie gehts, wie stehts? Alles senkrecht?«

Also da können Sie sich jetzt schon denken, was der Hepp wohl gesagt hat. Und die Yasmin hat erzählt. Nicht viel, aber fürs Erste genug. Wie sie mit dem Noel abgehauen ist, weil es ihnen scheiße ging, wie sie einen Tag unterwegs waren, wie sie Lebensmittel geklaut haben und in einem Gartenhäuschen beim Güterbahnhof gepennt haben, wie der Noel geheult hat, wie er gesagt hat, er geht zurück, und wie sie auch wollte, wie sie aber Angst hatte, alles kommt raus, und sie muss weg vom Waldsonnenheim, wie sie beim Pförtner im Krankenhaus gefragt haben, ob der Herr Wieland noch da ist, und der Pförtner hat gesagt, der Herr Wieland sei schon lange nicht mehr da, der sei gestorben, aber der Pförtner meinte halt den alten Doktor Wieland, der war schon vor zwei Jahren gestorben, gut, sie waren ja auch in der Urologischen Klinik gelandet, wie sie sich getrennt haben und wie der Noel davon ist mit hängenden Schultern und mit seiner Plastiktüte, in der war nur sein Notizbuch, ein Fahrplanbuch, der komische Bär mit dem einen Auge und ein bisschen Kleingeld aus dem Kaugummiautomaten, den die Yasmin nutzbar gemacht hatte.

Und wie der Noel dann um die Kurve gebogen ist, und wie sie gedacht hat, das ist nicht gut, wie sie ihm nachgerannt ist, und da war er schon weg, wahrscheinlich die Treppe runter zur U-Bahn oder quer über den Platz Richtung Stadtgarten oder die Unterführung zum Theaterplatz rüber? Und dann hat die Yasmin nicht mehr weitererzählen können, und der Hepp hat total vergessen, dass er ja die Kleenex in der Hand hat, und da musste schon wieder der Ärmel herhalten.

Manches Mal bist du im Kreisverkehr, ohne dass du im Auto sitzt. Und die Yasmin als Beifahrerin. Jetzt musste der Hepp sortieren, weil sein Gehirn war ja nicht Lisas Gehirn, die wusste immer sofort, wer der Mörder war, jedenfalls wirkte sie so.

Der Hepp hätte gerne gefragt, weil er so viel nicht verstanden hat. Aber wo soll man denn da anfangen? Was, meinst du denn, »kommt raus«? Wieso ging es euch scheiße? Warum seid ihr abgehauen, und wann eigentlich? Und hat das etwas mit dem Wieland zu tun? Das hätte der Hepp alles gerne gefragt, aber das waren ja alles Poltrone-Fragen, und die Yasmin sah so aus, als würde sie jetzt nicht mal Hepp-Fragen ertragen.

Aber vielleicht wenigstens das Gedicht, weil das hatte der Hepp nicht vergessen. Der Hepp hat ja viel vergessen, eigentlich alles, immer und sofort. Der hat sich nicht einmal merken können, wie alt die Jugendlichen sind, die er behandelt; ein bisschen peinlich war es ihm schon, weil er hätte natürlich schon gerne ab und zu so was gesagt wie »... als Fünfzehnjähriger siehst du das vielleicht anders«, oder »... in zwei Jahren bist du erwachsen, was denkst du ...«, und stattdessen hat er immer so Umwege formuliert wie »in deinem Alter sieht man das vielleicht anders ...«, oder »... wenn du erwachsen bist, was denkst du …«, aber er machte sich nichts vor, die Jugendlichen hatten das längst gecheckt, dass dem Hepp sein Gedächtnis gerade mal für seinen eigenen Vornamen reicht.

Nur, das Gedicht, ich meine, so veralzheimert war der Hepp dann schon nicht, das hatte sich ihm eingebrannt, aber das ist ja kein Kunststück. Und jetzt wieder gute Chance, es falsch zu machen.

Zum Beispiel: »Ich habe dein Gedicht gelesen. Ich habe es ehrlich gesagt nicht so recht verstanden. Wie soll ich es denn verstehen?«

Klingt richtig, ist aber falsch. Fand zumindest der Hepp, und deshalb hat er gesagt: »Dein Gedicht habe ich gelesen. Ich glaube, ich verstehe nicht mal die Hälfte davon. Nicht mal ein Zehntel, glaube ich.«

Fertig, mehr nicht; weil Yasmin eh selbst bestimmen würde, ob sie es ihm irgendwann erklärt oder nicht. Yasmin hat nur genickt und gesagt: »… keine Ahnung.«

Das hat zwar nicht gepasst, aber wenn du den ganzen Tag mit Jugendlichen zu tun hast, dann bist du das gewohnt, dass es halt oft nicht so recht passt. Oder vielleicht hat es halt doch gepasst, und das, was davorgehört hätte, war: »Mann, Sie haben wirklich …«

14

Der Poltrone hatte seinen Wurm schnell verdaut gehabt, weil der Spezialist von der Mordkommission hat sich gar nicht für so Kleinkram wie eine Jugendliche interessiert, weil dem hatten sie schon auf der Höheren Polizeifachschule beigebracht, dass man grundsätzlich seiner Intuition nachgehen muss, die weist den Weg, dann noch ein paar Indizien, aber das braucht es eigentlich schon gar nicht mehr, weil die meisten Kapitalverbrechen sind ja doch irgendwie Beziehungstaten, und da kannst du natürlich auch noch anfangen, mit Jugendlichen zu reden, die heute dies sagen und morgen jenes, damit machst du es dir und der Staatsanwaltschaft nur unnötig schwer, sagen wir es frei heraus, in dem Fall passt alles so zusammen, dass kurz vor der Mittagspause alles geklärt war.

Der Poltrone war sehr froh darüber, auch wenn er sich geärgert hat, dass der Spezialist von der Mordkommission heimlich das Gutachten vom Meschke abgefangen hat, weil wenn er das gelesen hätte und dann noch den Befund von der Spurensicherung wegen dem Flusssäurebehälter, da wäre dann auch der Poltrone draufgekommen, was passiert ist, und zwar ohne Höhere Polizeifachschule.

Aber trotzdem war der Poltrone froh, dass er diesen Fall abschließen konnte, weil das ist ja auch nicht besonders lustig, wenn man mit solchen Jugendlichen reden muss. Und außerdem hatten sie ihm schon wieder einen neuen Fall ins Fach gelegt, weil zwei Brüder versucht haben, die Oma zu vergiften, aber so stümperhaft, dass sein Chef gesagt hat, den Fall gebe ich dem Poltrone, damit der auch mal wieder ein Erfolgserlebnis hat, ist ja schon eine ganze Weile her, um ehrlich zu sein.

Der Hepp hat sich geärgert, dass sie direkt im Kreisverkehr gebaut haben, weil dadurch hat es sich gestaut bis auf die Zufahrtsstraße, und das konnte er gerade gar nicht brauchen, weil der Poltrone hat gesagt, er wolle ihm vertraulich das Ermittlungsergebnis mitteilen, und da gab es einfach gar nichts für den Kreisverkehr, sondern schnell zum Poltrone, Neugier und Sorge drücken dir da zentnerschwer aufs Gaspedal.

Und jetzt stand er da und kam nicht mal in den Kreisverkehr rein, Umleitung, aber das hatte wenigstens etwas Gutes, auf die Idee, durch die Kantstraße zu fahren, war er noch nie gekommen, das musste er sich merken, wenn er mal wieder nichts für den Kreisverkehr hatte.

Aber klar, weil heute alle durch die Kantstraße fuhren, war es für heute keine gute Idee, und dann war er halt wieder zu spät, und jetzt hoffe ich, dass Sie mit mir einig sind, dass er dieses Mal wirklich nicht selber schuld ist. Kantstraßen kann man nicht einplanen.

Der Poltrone ließ sich in seinen zu hoch gestellten Rollen-Bürostuhl fallen, und der Hepp hat noch gedacht, Psychospiel, der will so ein bisschen schimanskimäßig daherkommen, aber der Poltrone hat das gar nicht so lässig hinbekommen, es sah eher so aus, als wäre der Ami mit seinem Sturmgewehr von hinten gekommen, Blattschuss, kaum hat der Jodl die Kapitulation unterschrieben.

Der Poltrone bot dem Hepp großzügig einen Platz an, und als der Hepp hinsitzen wollte, klebte sein Fuß ein bisschen fest wegen Yasmins Orangensaft, und weil er kurz nach unten schaute, hat der Hepp den Moment verpasst, in dem sie den erschossenen Jodl durch den Kennedy ausgetauscht haben. Der hatte auch wieder seine amerikanische Verfassung vor sich, aber sie mussten wohl eine Verfassungsreform gemacht haben, weil die neue Verfassung war mindestens doppelt so umfangreich wie die alte, die der Hepp kannte.

Da hätte die Blonde schon literweise Nasenbluten haben müssen, wenn der Hepp darin noch die Notiz vom Noel hätte finden wollen, aber die Blonde war sowieso nicht da, weil sie hatte Migräne bekommen, das war dann doch ein bisschen zu viel, die lange Fahrt mit der Yasmin, egal, was die Blonde gesagt hat, die Yasmin hat immer nur »Ficken Sie sich« gesagt, mal laut, mal leise, aber auf jeden Satz, da hat die Blonde auf der Rückfahrt erst ihre Kleenex-Tücher und dann die Aspirin gebraucht.

Aber weil der Fall eh gelöst war, hat der Poltrone sie heimgeschickt und gesagt, sie soll sich hinlegen, damit sie morgen früh wieder mit ihm den Wurm fangen kann, hahaha, und da hat die Blonde ausnahmsweise gar nichts anderes gedacht als der Poltrone, so sehr hat ihr der Schädel gebrummt.

Das Gutachten vom Meschke war schon auch schuld, dass die neue Verfassung so viel umfangreicher war, das hat der Poltrone dem Hepp dann schon erklärt. Aber zuerst hat er dem Hepp herzlich gedankt, und der Hepp hat gedacht, wofür denn, das ist ja voll die Psychonummer hier, wie generös der Poltrone da daherkommt.

Und natürlich ist das wirklich psychomäßig, da dankst du deinem Konkurrenten, und das ist so edel, wie der Albanerin auf der KFZ-Zulassungsstelle das Formular ausfüllen, der hübschen Psychologie-Studentin im Biergarten sieben Euro Trinkgeld geben und für einen Behinderten die Spaghetti klein schneiden zusammen. Nur das Problem dabei: Wenn du die Albanerin, die Studentin oder der Behinderte bist, dann hast du schön demütig und dankbar zu sein, und das ist halt auch das Oben-unten-Thema.

»Herr Doktor, wir werden den Fall nun an die Staatsanwaltschaft übergeben, die Ermittlungen sind abgeschlossen. Ich wollte Sie im Vertrauen darüber in Kenntnis setzen, ich dachte mir, damit Sie als Psychologe sich darauf vorbereiten können in Ihrer Arbeit, wissen Sie. Es ist wichtig, dass Sie das noch nicht weiterkommunizieren, bevor die Staatsanwaltschaft grünes Licht gegeben hat.«

Der Hepp hat wahrscheinlich genickt, aber er wollte lässig tun und hat ein paar von den zerbrochenen Salzbrezeln genommen, die die Blonde so auf Poltrones Tisch gelegt hatte.

»Ich habe die Ergebnisse der Spurensicherung nochmal überflogen, und heute Morgen kam das letzte Ergebnis herein, jetzt, wo dieser Jugendliche, Noah, Noel, Entschuldigung, wo er sozusagen, wo man ihn ja hat, wo wir seine Fingerabdrücke eindeutig haben identifizieren können, also es sind dieselben wie in seinem Zimmer, die wir bei ihm abgenommen haben, und die sind definitiv auf dem Gefäß mit der Säure, das wir gefunden haben. Das beweist jetzt natürlich noch nichts, obwohl, wir haben auf diesem Gefäß keine anderen Fingerabdrücke gefunden, also das ist schon ein starker Hinweis. Aber jetzt habe ich heute Morgen gleich das Gutachten von Herrn Ingenieur Meschke in die Hände bekommen, und das lässt jetzt zusammen mit dem, was wir gefunden haben, keinen anderen Schluss zu. Herr Meschke hat nochmal genau geschaut, da bin ich ihm sehr dankbar, weil das hat alles klargemacht. Er hat im Keller einen Keil gefunden, Stein, und an der Tür hat er eine Beschädigung entdeckt, aber ich glaube, wir würden das nicht sehen, da muss man schon Spezialist sein, und in diese kleine Kerbe unten an der Tür passt dieser Keil genau hinein, und wenn man dann versucht, die Tür aufzumachen, dann verkantet sich das so ungeschickt mit dem – warten Sie mal …«

Der Hepp war jetzt doch im Kreisverkehr, aber wieder ohne Auto, und dieses Mal er der Beifahrer, der leibhaftige Kennedy am Steuer, aber Sebastian Vettel Kettcarfahrer dagegen. Der Kennedy blätterte in seiner Verfassung, ganz nervös, und dann holte er ein dickes Bündel Papier heraus, und der Hepp hat gesehen, dass da der Eingangsstempel von der Mordkommission drauf war von heute – aber wieso eigentlich Mordkommission? Und oben auf dem Gutachten stand Dipl.-Ing. Leon Meschke, aber mehr hat der Hepp nicht gesehen, weil der Kennedy hat ganz nervös in dem Papier herumgenestelt, und da war mit Leuchtstift etwas markiert.

»Hier: dmm, dmm, dmm … dürfte der kleine keilförmige Kiesel mit der Plattenkante des Terrakottabodens verkantet worden sein, sodass die Saunatür von innen nicht mehr zu öffnen war. Dieser Hergang wurde im Rahmen der gutachtlichen Untersuchung von mehreren voneinander unabhängigen Personen reproduziert, sodass er als äußerst wahrscheinlich eingestuft werden muss. So steht das hier, und jetzt haben wir natürlich den Stein untersuchen lassen, und da hat gerade die Spurensicherung bei einem Kollegen von mir angerufen und hat mir ausrichten lassen, das ist schwierig mit den Fingerabdrücken auf so einem kleinen Stein, also ganz sicher sind die sich zwar nicht, aber wir lassen das noch auf genetisches Material untersuchen. Und dann war der arme Herr Wieland bewusstlos, da hat der Bub dann das mit der Flusssäure. Aber meine Erfahrung, Herr Doktor, jeder Täter macht Fehler: Der Bub hat den Kiesel weggeworfen, aber das war dumm, der Herr Meschke hat ihn gefunden, da hatten das die Kollegen von der Spurensicherung glatt übersehen, ein Skandal, wenn Sie mich fragen. Na ja, ist ja eigentlich auch egal, wie es genau war, jedenfalls wir werden nicht weiter ermitteln müssen und geben das nun mal an die Staatsanwaltschaft.«

Und weil der Hepp nichts gesagt hat, weil dem war so, als hätte das eine kleine Salzbrezelchen sämtliches Körperwasser aufgesogen, hat der Poltrone noch hinzugefügt: »Mir tut das sehr leid, dass es einer von Ihren Schützlingen war, oder sagt man da auch Patienten, Herr Doktor? Aber wahrscheinlich können ja auch Psychologen nicht einfach jemanden davon abbringen, einen bösen Plan umzusetzen.«

Und da kam dem Hepp plötzlich wieder Wasser in den Mund, vielleicht war es auch nur die Galle, die ihm hochkam, und er hat gehört, wie jemand zu dem Poltrone sagt: »Herr Poltrone, das kann ich nicht glauben, ich meine, was soll der Junge denn für ein Motiv gehabt haben? Was haben Sie denn dazu rausgefunden? Das kann doch nicht sein.«

Aber der, der das zu dem Poltrone gesagt hat, hat es etwa so betont wie jemand, der sagt: »Sie Nanoexistenz, Sie dunkelstes Licht des Universums, was bilden Sie sich eigentlich ein, Sie amöboide Einzellerintelligenz mit Ihrer protoplasmatischen Kasperle-und-Seppel-Dorfpolizeiweisheit.«

Der Poltrone muss das gespürt haben, und obwohl er eigentlich schon längst in der Kantine hätte sitzen wollen, hat er sich die Zeit genommen, den Hepp noch zu trösten: »Schauen Sie, das gibt es einfach. Sie dürfen sich da nicht reinsteigern, das bringt nichts. Und wegen des Motivs, Herr Doktor, das müsste ich Sie fragen und nicht Sie mich, da sind ja Sie der Spezialist. Ich habe keine Ahnung, was in solchen Menschen mit so einer Krankheit vorgeht. Wir haben zum Beispiel erfahren, dass der Herr Wieland auch schon mal dem Noel angedroht hat, ihn aus dem Heim wegzuschicken. Das könnte es doch sein, nicht? So Behinderte reagieren doch auf so was bestimmt viel sensibler. Herr Doktor, ich stelle mir Ihren Beruf sehr anstrengend vor, wenn man sieht, wie wenig so eine Behandlung oft bringt, das muss schon belastend sein, also ich könnte das nicht. Vielleicht können Sie ja noch etwas beitragen, wenn Ihnen etwas in den Sinn kommt. WennSiemichjetztentschuldigenwollen.«

Der Hepp hat später überhaupt nicht mehr rekonstruieren können, wie er in diese Situation geraten war, jedenfalls war hinter ihm plötzlich dieser Teerlaster und direkt vor ihm ein zwei Meter tiefer Abgrund und rundherum eine Menge Leute mit orangefarbenen Jacken und Helmen, und es war auch furchtbar laut und warm von unten her, aber weiterfahren konnte er auch nicht, weil ein Fiat ist halt kein Hummer.

Das ist einerseits gut, weil mit einem Hummer hätte er sich wahrscheinlich noch tiefer in den frischen Asphalt eingegraben, zwei, drei Tonnen, da weicht der beste Teer zur Seite, andererseits reichte sein kleiner Fiat nicht, um sich aus dieser Situation alleine zu befreien, da konnte der Hepp noch so feste aufs Pedal stehen.

Die lustigen Männer mit den orangefarbenen Jacken und Helmen haben so freundlich gelächelt, als sie gesehen haben, wie verzweifelt der Fiatfahrer aus dem Teer rauszukommen versucht und wie peinlich ihm das ist, so peinlich, dass er vor Scham sogar weint, aber ganz ehrlich, der Hepp hat in dem Moment nicht recht gewusst, ob die Kittelchen wirklich orange oder vielleicht doch weiß sind und ob das kein Teer ist, sondern das Linoleum von der Geschlossenen.

Der war schon wieder ganz durcheinander, der Hepp. So weit kommts noch, die lassen dem Noel noch nicht mal im Tod seine Ruhe, sondern hängen ihm noch die letzte Sauerei an, und da hat der Hepp zuerst Zorn gespürt, und dann ist er abgrundtief traurig geworden und hat losgeheult, und das war schon alleine deswegen gut, weil es die orangefarbenen Kittel so gnädig gestimmt hat, weil die haben gedacht, der Arme, Ehefrau hat ihn rausgeworfen oder noch schlimmer, weiß nicht, Lieblingsverein ausgeschieden, aber sympathisch, Fiat fährt er, da bin ich auch schon am Band gestanden, damals, vor neunzehn Jahren, Turin.

15

Um es vorwegzunehmen, heute Nacht hat er nicht mit der Lisa geschlafen. Irgendwann schlägt es dir halt doch auf die Libido, man hält ja viel aus um der Reproduktion willen, da hat die Evolution schon dafür gesorgt, dass es weitergeht, auch wenn es schwierig ist, aber dem Hepp war das mit der Reproduktion offenbar nicht wichtig genug, er hatte ja sein Soll schon längst erfüllt, aber jetzt war ihm eh nur noch nach Heulen zumute.

Deswegen ist er auch zur Caroline gefahren, und jetzt müssen Sie kein Mitleid haben mit der Caroline, weil sie nur den depressiven Hepp bekommen hat, aber kaum ist der Hepp testosteronmäßig aufgeladen, schon ist er außer Haus. Wie gesagt, kein Mitleid, weil die Caroline hat auch nichts anbrennen lassen, aber dafür habe ich jetzt leider keine Zeit, weil gerade jetzt hat die Lisa angerufen und gefragt, wo er denn bleibt. Und das war eigentlich eine gute Idee, wenn er jetzt schon alles der Caroline erzählt hat, dann kann er sich ja noch eine Zweitmeinung einholen, das machen ja die Eltern von den Kindern auch noch, wenn sie die Mädchen mit neunundzwanzig Kilo in die Klinik bringen, ob es wirklich gleich Anorexie sein muss und nicht vielleicht doch ein Darmpilz oder Milchunverträglichkeit, weil Milch hat sie gar nicht mehr getrunken, die Liz, nur noch ein Blatt Salat am Tag ohne Salatsauce, also *second opinion*, also Lisa.

Die Caroline hat dafür Verständnis gehabt, dass er noch wegfährt, und Sie müssen es dem Hepp ja jetzt nicht auch noch zumuten, aber Ihnen kann ich es ja sagen, die Caroline hat eh noch etwas vorgehabt.

Das war schon eine traurige Angelegenheit bei der Lisa, und wer weiß, wenn sie das gewusst hätte, ob sie ihn dann angerufen hätte, weil der junge Medizinstudent, mit dem sie heute die resistente Großmutter untersucht hat, die das Rattengift einfach wieder ausgespuckt hat, also keine Holzwolle-Sache jedenfalls, dieser junge Mann, der hatte ihr etwas gesagt, was man so oder auch so verstehen könnte, und jetzt hätte es die Lisa doch lieber so verstanden und nicht so, aber erst jetzt, wo sie den Hepp halt schon wieder so als Vileda-Bodenwischtuch bei sich hat sitzen gehabt.

Aber dieses Mal war es ja noch ernster, das hat auch die Lisa gespürt, und wenn du schon weißt, heute ist nichts mit Erlebniszentrum, dann wenigstens Wellnessoase, und da war die Lisa auch großartig, und für den Hepp war das gut so, wie die Lisa ihn massiert hat. Das ist halt ein Segen, wenn eine Frau nicht nur mit der Schädelsäge versiert unterwegs ist, sondern auch, wenn man ihr so Rosenmassageöl in die Hand drückt, weil das ist jetzt schon nicht auf jedem X-Chromosom drauf.

Nur hätte der Hepp ehrlich gesagt lieber der Entspannungs-CD zugehört als der Lisa, und das will was heißen, weil wenn du das mal angehört hast, dann glaubst du ja, die ganzen Bachs und Mozarts und sogar der Freischütz, das gibt es gar nicht, die Realität ist genau das, was du da hörst, die Hölle ist nicht dampfig und stickig und heiß, da laufen keine roten Teufelchen herum, die Hölle ist »Sealand« von der Entspannungs-CD, und während du das erleidest, denkst du, könnte auch nochmal »Night in Africa« sein, aber nein, da hat das Meer nicht so schön gerauscht, aber einer von den ersten fünf Titeln könnte es schon sein oder eine andere Entspannungs-CD oder alle Entspannungs-CDs, die jemals irgendwo auf der Welt produziert worden sind oder noch produziert werden.

Der Hepp hat die Augen zugemacht, und da hat er sich dann allen Ernstes vorgestellt, oder eigentlich hat er das sogar wie von außen gesehen, dass die Lisa gar nicht massiert hat, sondern dass sie mit dem Wundhaken die Haut aufschabt, und dabei diktiert sie ihren rechtsmedizinischen Bericht, und in dem kommt der Hepp von der Außenwirkung her nicht besonders gut weg.

Jedenfalls hat die Lisa geredet und geredet, als wäre das hier ein Speedcasting für Logorrhoiker, aber wenigstens war der Wundhaken kein Wundhaken, sondern nur die Schließe von der Armbanduhr, die ihr ihre Eltern damals zum Staatsexamen geschenkt hatten.

Vielleicht war es ja aber auch gut, dass die Lisa so viel geredet hat. Da sagt der Freud, dass das kontraphobisch ist, oder vielleicht nicht der Freud, sondern überhaupt die Analytiker, weil der Freud hat zwar schon viel gesagt, aber die restlichen Analytiker haben ja auch nicht einfach auf der faulen Haut gesessen, selbst wenn es manchmal nach außen so aussieht. Kontraphobisch, das ist ein bisschen so, wie wenn du nachts durch den Wald gehst und pfeifst, dann merkst du die Angst nicht, weil die wenigsten Vergewaltiger und Raubmörder lassen sich ja durch Pfeifen verjagen. Und wenn die Lisa so viel redet, dann muss sie es nicht aushalten, wenn es leise ist oder wenn die Höllen-Entspannungs-CD ankündigt, wo der Abend enden wird.

Und so hat die Lisa erzählt und erzählt, du musst sagen, Paul, wenn es dir zu viel ist. Da stand der junge, blonde Medizinstudent mit den geschickten Händen plötzlich an Lisas Bett, fast lag er schon neben dem Hepp, er hatte nur noch die Socken an, aber mein lieber Herr Gesangsverein, der hatte im Unisport auch nicht nur am Rand gesessen, und daneben kauerte die Großmutter und freute sich diebisch, dass sie ihren Enkeln ein Schnippchen geschlagen hat und dass die jetzt Besuch von einem Kommissar bekommen haben, und Paul, dass ich es nicht vergesse, vielleicht könntest du mal bei meiner Armbanduhr die Batterie ersetzen, ich kenne mich mit so was nicht aus.

Unter all dem wäre der Hepp fast in den Schlaf gesückelt, eigentlich noch irgendwie gut so, aber da hat die Lisa von Noels Eltern erzählt, die heute kurz in der Rechtsmedizin waren, und da war dem Hepp, als hätte die Entspannungs-CD spontan vor Schreck ihren Lebenssinn erkannt und hätte sich in eine Freischütz-Schellack verwandelt, und der Ottokar singt: »Nur du kannst dieses Rätsel lösen; wohl schwere Untat ist geschehn!«

Das ist schon seltsam, da hat sich jetzt der Hepp daran erinnert, als säße er noch immer neben dem müffeligen Pharmavertreter, aber die Lisa knetete gerade seinen Trapezius. Der Medizinstudent hat sich ganz schnell angezogen, und die

Großmutter ist wahrscheinlich doch noch gestorben, weil sie war genauso schnell weg, auf alle Fälle hat der Hepp gewusst, wo er morgen hinmuss. Nur du kannst dieses Rätsel lösen, hat der Hepp sich gedacht, und dann hat er gar nicht einschlafen können. Aber dafür hat er jetzt doch auch mit der Lisa schlafen können wegen Licht am Ende vom Tunnel.

Am nächsten Morgen keine Deowerbung, beide sind gleichzeitig aufgewacht. Lisa war nicht sicher, ob sie wirklich geträumt hatte, dass der Medizinstudent nach dem Unisport die Großmutter vernascht, aber so einfältig konnte ja das Unterbewusstsein gar nicht sein, deswegen hat sie nicht mehr darüber nachgedacht. Der Hepp war schon unter der Dusche und hat nochmal nachgedacht, was die Lisa erzählt hatte, aber nicht die Sache mit dem Studenten mit den geschickten Fingern, das war dem Hepp beim Denken im Weg.

Das andere, was Lisa so nebenbei gesagt hatte: Nachdem die Staatsanwaltschaft die Leiche von Noel oder das, was von dem hübschen Jungen übrig geblieben war, freigegeben hatte, waren die Eltern in die Rechtsmedizin gebeten worden, um die notwendigen Dinge zu regeln und die traurige Plastiktüte abzuholen.

Der Poltrone war dabei gewesen, der hat die Sachen kurz angeschaut und dann freigegeben, weil wenn der Fall geklärt ist, dann hält man alles, was die Verfassung noch mehr aufblähen könnte, weit von sich. Lauter komisches Zeug: ein Fahrplanbuch, ein Notizbuch, das der Noel mit Zugverbindungen vollgeschrieben hatte, ein bisschen Geld. Das alles änderte nichts an seiner Überzeugung, da hatte er schon ein bisschen was vom Kollegen von der Mordkommission gelernt; er wollte sich doch nicht unnötige Arbeit machen, wenn doch alles passte.

Da hat die Lisa das den Eltern in die Hand gedrückt, und sie hat dem Hepp erzählt, sie sei wirklich froh gewesen, dass ihr Piepser losging, sonst hätte sie das zerrissen, diese eingefallenen Eltern, die schäbige Plastiktüte, da war die Lisa fast schon froh, dass die beiden Brüder sich mit der Oma angelegt hatten.

Der Hepp war auf dem Weg zu Noels Eltern, und das führte jetzt nicht über den Kreisverkehr. Gut so, dachte der Hepp, das wäre auch zu peinlich gewesen. Ich muss diese Plastiktüte haben, mindestens das Notizbuch. Wenn man einmal so einen Gedanken gefasst hat, dann ist es wie mit dem Geist, der aus der Flasche ist, den bekommst du da nicht mehr hinein, unter keinen Umständen.

Die Eltern vom Noel waren beide zu Hause, und jetzt waren die beiden vielleicht nie die Goldmedaillengewinner in Herzlichkeit, aber der Hepp dachte, so versteinert, da würde ich mir selbst jetzt auch einen Piepser wünschen, weil da kann dir der beste Presslufthammer nicht mehr weiterhelfen.

Und natürlich hat der Hepp das gut gemacht, Reden war ja seine Sache, und die Eltern haben wahrscheinlich von seiner Scham gar nichts gemerkt, aber Ihnen kann ich es ja sagen: Wenn sich einer deiner Patienten umbringt, dann gehst du als Psychiater mit der Schuld herum wie mit einem Piraten-Holzbein. Das merkst du ja auch nicht immer, auf Teppich hört das kaum einer, aber auf dem Holzboden checkt jeder, wenn der Herr Pirat daherkommt.

Das ging dem Hepp so, und das geht allen so, wie den Lokführern auch, nur die können ja noch weniger dafür. Und bei Noels Eltern hat der Hepp gemerkt, wovor er sich die letzten beiden Tage gedrückt hatte.

Wie er das Notizbuch vom Noel auf den Beifahrersitz gelegt hat, hat er noch einmal ganz sichergehen wollen, dass auf der Fußmatte kein Kaffee mehr herumschwappt, aber das musste wohl spätestens gestern an der Baustelle im Kreisverkehr verdampft sein, keine Ahnung, aber da war es schon heiß von unten herauf, dass die Reifen das mitgemacht hatten, alle Achtung, aber auch wieder klar, weil Fiat Italien, jetzt wenn Sie im Sommer schon mal zwischen Milano und Bologna auf der bolzgeraden Autostrada im fünfunddreißig Kilometer langen Stau gestanden haben und nach vierzig Minuten beschließen, sich auch einmal die Beine zu vertreten, weil die Bauarbeiter streiken sowieso bis morgen früh, mein lieber Schwan, da verbacken Ihre Deichmann-Schuhe spontan mit dem welligen Autostrada-Teer.

Der Hepp war sicher, in diesem Buch würde etwas Wichtiges stehen. Er hatte noch nicht hineingeschaut, aber er war überzeugt, dass der Noel nicht einfach so fortgehen würde. Obwohl, überzeugt ist halt schon wieder das falsche Wort, weil eigentlich war er überhaupt nicht überzeugt, sondern er hat es sich einfach sehr gewünscht.

Der Hepp wusste genug über Autisten, und ihm war völlig klar, dass der Noel gar nicht daran denken konnte, wie man die anderen da draußen erreicht, und vor allem, wozu überhaupt. Also war der Hepp auch nicht überrascht, als er in einer Parklücke in der Kantstraße nervös das Büchlein durchblätterte und das darin fand, wovon die Lisa während der Trapeziusgriffe gesprochen hatte: völlig beliebige, für uns alle scheinbar unsinnige Bahnverbindungen, für jeden Tag und auf jeder Seite eine. Überrascht nicht, aber enttäuscht halt doch.

Der Hepp wusste das ja schon vom Noel, aber als er das jetzt nochmal so las, da wurde er wieder bodenlos traurig und er hat geweint, ich glaube, für die Eltern vom Noel mit, weil Bunkerbeton kann das nicht, und da hat die Politesse draußen ein Auge zugedrückt.

Der Hepp blätterte. Vierherrenborn – Potsdam – Fehmarn – Tauberrettersheim. Borgstede – Ebersberg – Bremen – Straubing. Keine Ahnung. Pfaffenweiler – Jesteburg – Heilbronn. Die letzte Verbindung hatte der Noel wohl an seinem Todestag aufgeschrieben: Tangermünde – Essen – Meschede – Herrath.

Ja, da war der Hepp schon enttäuscht, obwohl er es ja eigentlich gewusst hatte. Er war sogar nicht nur enttäuscht, sondern richtiggehend wütend auf den Noel, und wenn ich das so schreibe, dann können Sie sich das ruhig merken, falls Sie es mal brauchen, hoffentlich nicht: Man wird auch manchmal richtig wütend auf die, die einfach so gehen, Autist hin oder her. Das gehört sich nicht. Das ist die Ohnmacht, und die macht uns halt auch wütend, so wie die Leute mit ihren orangefarbenen Jäckchen gestern sicher auch kurz wütend waren, weil Ohnmacht gegen so einen Idioten, der an allen Absperrungen vorbei bis auf den frischen Teer fährt, bis sie gesehen haben, Fiat, und dann auch noch Trennungskerl.

Also das mit dem Wütendsein gibt es überall, Selbstmord, Straßenbau, überall. Aber der Hepp war nicht so wütend, dass er jetzt das Notizbuch weggeworfen hätte. Das war gar nicht die Art vom Hepp, etwas herumzuwerfen, nur einmal das Scheißcollier von der Caroline, aber das Notizbuch war etwas anderes, außerdem hatte er den versteinerten Eltern versprochen, das Büchlein selbstverständlich wieder zurückzubringen, gar keine Frage.

Was für Jahre mögen vor denen liegen, hat der Hepp gedacht, noch dazu, wenn das Letzte eine Bahnverbindung von Tangermünde nach Herrath ist. Ob es einfacher ist, wenn gar nichts übrig bleibt? Oder ein Brief mit Vorwürfen oder ohne Vorwürfe? Der Hepp wäre am liebsten hier in der Kantstraße für immer stehen geblieben, bis sich sein Fiat aufgelöst hätte, wobei, das konnte vollends schnell gehen, das wusste der Hepp, und als die großformatige Politesse dann doch energisch an den Wagen klopfte, da dachte der Hepp, hoppla, geht es schon los?

16

Wenn du anständiger Chirurg bist, dann hast du zwar ab fünfzehn Uhr Langeweile, weil der Operationssaal geputzt wird, und dann musst du wohl oder übel auf die Station und dort Verbände wechseln und den Patienten sagen: »Guten Tag, wie gehts, tut die Wunde noch weh, das ist ganz normal so eine faustgroße blau-lila Schwellung, das geht weg, wir geben noch zwei Tage das Antibiotikum und dann ziehen wir die Fäden, auf Wiedersehn.« Und das sechzehnmal. Oder zwanzig, je nachdem, wie gut die Patienten zusammenheilen.

Aber bis um fünfzehn Uhr hast du volles Programm, alles durchgeplant, der OP-Tisch glüht fast, so schnell werden da die Leistenbrüche und die Schilddrüsenvergrößerungen und die Gebärmuttermyome samt jeweils Mensch dran über den Tisch gezogen, und wenn der Student wieder mal seine Knopfnaht übt, dann verschiebt sich das ganze Programm, und der Student bekommt Stress und lässt noch den Nadelhalter fallen. Als Chirurg weißt du jedenfalls bis fünfzehn Uhr, wo dein Platz ist.

Jetzt als Jugendpsychiater ist das anders, da musst du dich selber sortieren und Termine festlegen und planen, und dann kommt der Jugendliche natürlich nicht, und dafür ruft während der darauffolgenden Therapiestunde mit der Liz der Lehrer an und sagt, die Jugendliche steht jetzt auf dem Schulhausdach und droht, runterzuspringen, weil sie das alles nicht mehr aushält mit dem Bashing, und sie redet mit niemandem außer mit dem Hepp.

So ist das, und keiner sagt dir: Hepp, morgen, sieben Uhr fünfzehn zusammen mit dem Herrn Beierle, dem Studenten im Praktischen Jahr, Psychoanalyse mit der Carola und danach EMDR mit dem Sandro. Dem Hepp wäre das wahrscheinlich sogar ganz recht gewesen, weil das Termine-Vereinbaren, das war nicht seine Stärke, und das gab dann auch immer ein bisschen Verwirrung, weil niemand so recht wusste, wann er einen Termin mit dem Hepp hat und ob überhaupt, und den Hepp konnte man natürlich auch nicht fragen, weil der wusste es am wenigsten.

Das kannst du dir als Chirurg natürlich noch weniger als als Hepp leisten, weil da hast du schnell mal die Hüfte einschließlich angehängter Rentnerin umsonst narkotisieren lassen, während du im Schwesternzimmer, also im Pflegestützpunkt, gerade den Pralinenkönig gibst.

Sein Lehranalytiker hat dem Hepp einmal probegedeutet, dass er vielleicht Schwierigkeiten hat, sich verbindlich festzulegen, und möglicherweise kenne er das ja auch aus anderen Lebensbereichen, und da hat der Hepp damals an die Verena gedacht und an die Melanie und an die Noemi, aber da war der Hepp ja auch noch jung, und überhaupt führt das ja auch nicht weiter. Und an die Karin übrigens auch noch, das hätte ich jetzt fast vergessen, weil sie waren zum Staatsexamen ja alle in einer gemeinsamen Lerngruppe, und da hat der Hepp damals viel gelernt über die Frauen.

Vielleicht hat der Hepp das mit dem Kreisverkehr ja auch deshalb so gemocht, weil da gab es alle möglichen Richtungen, das war sensationell, dass es so einen Kreisverkehr gab, weil da konnte er zur Lisa, nach Hause und zum Waldsonnenheim abbiegen und neuerdings auch noch zum Poltrone, obwohl, das war jetzt eine Abzweigung, da hätten sie auch eine Betonwand hochziehen können, das hätte den Hepp nicht im Geringsten gestört, aber da hat jeder so seine Vorlieben, weil die Blonde zum Beispiel, die hätte mit einer Betonwand einen Riesenumweg machen müssen, zumindest wenn sie morgens direkt vom Club zur Arbeit gefahren ist.

Jedenfalls war klar, dass einem wie dem Hepp das Hineinfahren in so einen Kreisverkehr leichter fällt als das Hinausfahren, weil Hineinfahren bedeutet Freiheit, Hinausfahren dagegen Festlegung.

Ein Vorteil von der Kantstraße war, dass sie nur zwei Richtungen hatte, aber für den Hepp war das derart ungewohnt, dass er erst einmal stehen geblieben ist, obwohl die Politesse bereits seine Nummer aufgeschrieben hat. Das ist es mir jetzt wert, dachte der Hepp noch.

Die Eltern vom Nico waren geduldig, und außerdem hat die Irene ihnen ja einen Kaffee hingestellt, und deshalb fanden sie es nicht weiter störend, dass der Hepp eine Stunde zu spät kam. Sie wussten ja nicht, dass sie noch Glück gehabt haben, weil wenn die Politesse nicht die Polizei informiert hätte, dann würde der Hepp vielleicht sogar jetzt noch in der Kantstraße in seinem Fiat sitzen.

Da war die Politesse schon sehr aufmerksam, weil sie hat mit einem Mal gedacht, was, wenn der Typ in dem Fiat mit den komischen Reifen tot ist? Herzinfarkt oder Russenmafia, das ist ja alles möglich, obwohl, Fiat ja eher die richtige italienische Mafia, aber egal, tot ist tot, dem Schnitter ist es ja wirklich gleich, ob dir der Boris oder der Luigi das Fährticket besorgt hat.

Und wie die beiden Polizisten gekommen sind, da musste der Hepp ein bisschen lachen, aber eigentlich war es ihm peinlich, weil es waren natürlich wieder die beiden Spezialisten mit der Handbewegung am Kopf. Und wenn du bei so etwas lachst, obwohl du eigentlich besser vor Scham zu einem kleinen Krümel unter der Fußmatte mutieren solltest, dann hat der Freud dafür auch was gewusst, nämlich Wendung ins Gegenteil, das ist dann, wie wenn die Jugendlichen lachen, wenn sie sich mit der Sicherheitsnadel gegenseitig ihre Piercings durch die Oberlippe jagen, obwohl es ja himmeltraurig ist, eigentlich.

Wie froh der Hepp war, dass die Polizisten gerade jetzt kamen, weil wenn ihn die Politesse gefragt hätte, ob er denn tot ist oder nicht, da hätte er gar nicht genau gewusst, was er sagen soll, nämlich zum Beispiel: Ja, bis Sie diesen Strafzettel da wieder wegnehmen.

Jetzt saß der Hepp mit den Eltern vom Nico in seinem Büro und wusste für einen Moment gar nicht so recht, was er die fragen soll, weil obwohl er eigentlich wirklich immer sehr interessiert und empathisch war, heute war er irgendwie mit etwas anderem beschäftigt, und da haben die Eltern halt brav geantwortet: »Nein, wir waren noch nie in Herrath. Wie kommen Sie darauf, Herr Doktor Hepp? Hat der Nico wieder einen Unsinn gemacht?«

Der Hepp hat dann schon die Kurve bekommen, und ihm ist auch wieder eingefallen, warum er sie vor ein paar Wochen eingeladen hat – nämlich weil der Nico gesagt hatte, der Vater hätte mitten in seinem Gewächshaus jede Menge Hanf, da könnte er dem Hepp sicher auch mal was davon mitbringen, wenn der Hepp beim Wieland dafür sorge, dass der Nico im Oktober auf das Metallica-Konzert darf.

Wenn du in so einem Elterngespräch bist, da bist du konzentriert wie ein Turmfalke beim Landeanflug auf die Feldmaus, da ist überhaupt kein Platz für Fahrpläne und Poltrones, und so war der Hepp nach dem Gespräch ganz erstaunt, dass er alle seine Notizen in das Notizbuch vom Noel geschrieben hatte.

Das hat er jetzt nicht so geschickt gemacht, der Hepp, weil jetzt sah es so aus, als hätte der Noel aufgeschrieben, dass der Nico eigentlich hätte abgetrieben werden sollen, aber dann sind plötzlich die Eltern von Nicos Vater gestorben, und die Gärtnerei ist frei geworden, und da hat der Vater dann eine Geschäftsidee gehabt, und da haben sie die Abtreibung glatt vergessen, und schon war der Nico da.

Während der Hepp die Seiten aus dem Notizbuch gründlich mit dem Skalpell herausgetrennt hat, hat die Frau Mikulic vom Gesundheitsamt angerufen und vom Herrn Gesundheitsbürgermeister ausrichten lassen, dass die Sitzung »Nikotinprävention in der Jugendhilfe« eine halbe Stunde später anfängt als geplant, und das war jetzt praktisch für den Hepp, weil dann hatte er noch eine Chance, nur mit einer Viertelstunde Verspätung ins Rathaus zu kommen.

Wenn man ganz ehrlich ist, wenn die Frau Mikulic nicht angerufen hätte, wer weiß, ob der Hepp daran gedacht hätte, dass schon wieder ein Vierteljahr seit der letzten Nikotinsitzung vorbei war. Auf dem Weg dorthin hat der Hepp gedacht, gut, das geht eineinhalb Stunden, da kann ich nochmal nachdenken, wegen der Zugverbindung. Da hat der Hepp sich halt ganz gut gekannt, weil er war in einem halben Dutzend Kommissionen und Ausschüsse, da musst du irgendwie so eine Art Haltung trainieren, wo die Leute sagen, das ist gut, dass der Herr Hepp dabei ist, der bringt nochmal ganz andere Aspekte ein – während du gleichzeitig nachdenkst, ob man es beim Nico mal mit Ritalin versuchen sollte, ob du das Geld für das neue Klavier schon überwiesen hast, oder auch mal, ob die Verena der Melanie damals wohl wirklich gesagt hat, dass der Hepp heimlich mit der Noemi rummacht, und was wohl die Karin dazu sagen würde, wenn sie das erfahren würde, weil Zwillingsschwester von der Noemi oder von der Melanie, das weiß ich jetzt gar nicht mehr genau, das ist ja spannend.

Deshalb hat sich der Hepp meistens gefreut, wenn er einen Sitzungstermin hatte, weil andere müssen da einen halben Tag zum Zen-Meister, um so viel Ruhe zu finden wie er in einer einstündigen Sitzung »Integration von MigrantInnen mit Depression«.

Auch heute war das so, wobei der Hepp war ja in den letzten Jahren noch viel geschickter geworden, und jetzt war das in den Kommissionen ein bisschen so wie im Schuhladen, wo du der Verkäuferin sagst »Haben Sie mir dazu bitte mal den Rechten?«, und schon ist sie fünf Minuten weg mit »Ja, selbstverständlich, einen kleinen Moment bitte«, und kaum ist sie zurück, brauchst du ihn eine Nummer größer, und »Da muss ich mal im Lager nachschauen, bitte einen kleinen Augenblick«. Da hätte der Hepp einen ganzen Tag eine komplette Filiale samt Filialleiter beschäftigt halten können.

Und in Sitzungen war der Hepp ein Meister darin, die bemitleidenswerten SozialarbeiterInnen, die zwar viel zu sagen, aber eben wenig zu melden hatten, immer wieder aufs Neue zu stimulieren. Und jedes Mal, wenn die dann wieder sozusagen ins Lager gegangen sind, hatte der Hepp sein kleines Fenster, seinen Slot für nochmal ein kleines Mosaiksteinchen, und es gab etliche Sitzungen, in denen der Hepp vielleicht nicht gerade die Weltformel gefunden hat, aber eben doch irgendwo weitergekommen war.

Aber als er heute vom Herrn Gesundheitsbürgermeister hörte: »Herr Doktor Hepp, ich bin wirklich froh, dass Sie uns mit Ihren Impulsen weiterhelfen. Ich weiß ehrlich gesagt nicht, ob wir die Dinge so gründlich analysieren würden, wenn Sie nicht immer wieder dafür sorgen würden, dass wir immer nochmal genau hinschauen und uns wieder und wieder hinterfragen. Wir treffen uns dann turnusmäßig wieder am, jetzt warten Sie, am – Frau Mikulic, haben Sie gerade die Daten?«, als er jedenfalls das hörte, da dachte der Hepp, jetzt wäre ich froh, es wäre schon wieder ein Vierteljahr vorbei, weil machen wir uns nichts vor, der Hepp war gedanklich noch keine Idee weiter als da, wo die Politesse so erschrocken ist, dass sie es abends sogar ihren Eltern erzählt hat, dass sie heute fast ein Mafiaopfer hätte abschleppen lassen.

Nicht eine einzige Idee hatte der Hepp, und jetzt war es so, als hätte er gedanklich die Ausfahrt genommen, und da haben die doch tatsächlich die Betonwand hochgezogen, über Nacht.

Dabei hat der Hepp ja gewusst, dass er es eigentlich alles versteht und dass er schon längst dem Hilfskennedy sein persönliches Dallas bereiten könnte, wenn er nur wüsste, wie er an sein Wissen drankommen könnte, weil das Problem ist ja, du weißt genau, das ist dein kleiner Nadelhalter unter der blau-violetten Schwellung bei dem Patienten, aber wie drankommen, ohne dass er es merkt?

Beim Psychischen ist es so, dass es schon Möglichkeiten gibt, an so etwas dranzukommen. Man könnte irgendwelche Sachen rauchen oder schlucken und einfach mal schauen, was dann so herauskommt, wer weiß, vielleicht hat die Zugverbindung dann plötzlich bunte Kreise, die ein Muster ergeben, oder aus dem Herrath steigen karierte Pinguine, die ein mittelhochdeutsches Madrigal singen, und dann kommst du mit einem Mal draus.

Nur, der Hepp war kein Freund von solchen Sachen, weil das Einzige, was passiert war, als er während des Studiums eine Zeit lang merkwürdige Substanzen geraucht hat, die sein holländischer Kommilitone von zu Hause mitbrachte, war, dass der Hepp fett und träge wurde, aber keine bunten Kreise oder singenden Pinguine weit und breit.

Der Kommilitone hat regelmäßig die Jungfrau Maria mit gespreizten Beinen vor sich liegen sehen oder die Erstsemesterinnen, die lagen sogar wirklich da, aber vor dem Hepp lagen nur leere Chipstüten und irgendwann dann so eine Art Fettgebinde, das sich oben aus der Jeans gequält hat, und da hat der Hepp dann vom Kommilitonen den Kosenamen Mister Triglyzerid bekommen.

Damals war das das Ende einer mittelgroßen Freundschaft, und für den Hepp war so auch der Kanal zu dem Zauberzeug zu. Für den Hepp kam das jetzt jedenfalls nicht infrage.

Aber man kommt ja auch noch anders an diese Sachen heran, Hypnose zum Beispiel oder Psychoanalyse. Aber der Hepp konnte ja jetzt schon nicht zu einem Kollegen gehen und sagen, leg mich mal auf die Couch, ich muss einen Fahrplan verstehen.

Wenn du nämlich erst einmal mit der Psychoanalyse anfängst, dann liegst du schnell mal viermal wöchentlich und schaust an die Decke, und dann kommt in den ersten Wochen nur heraus, dass deine Mutter den Milchschoppen immer zwei Grad zu heiß oder drei Minuten zu früh gebracht hat. Bis du da in Herrath bist, da ist der Poltrone schon lang im Ruhestand.

Als der Hepp dem Herrn Gesundheitsbürgermeister die Hand geschüttelt hatte, da hat er sich gedacht, ich muss an das ran, was ich weiß. Da hat er sich in sein Auto gesetzt und ist gradewegs in die Kantstraße gefahren, und weil sein Parkplatz inzwischen belegt war, hat er sich einfach auf den Behindertenparkplatz gestellt. Der blödsinnigen Politesse werde ich das schon erklären können, selbst die wird verstehen, dass ich in gewisser Weise behindert bin, also behindert im Zugriff auf das Vorbewusste.

So hat der Hepp wirklich gedacht, auch mit dem Begriff »Vorbewusstes«, weil »Unbewusstes« hätte ja nicht gestimmt, weil beim Unbewussten hast du keine Chance, da kommst du nicht dran, auch nicht bei noch so viel Pressen oder zehnmal Kreisverkehr, das kannst du einfach nicht erzwingen, das ist wie mit der Fliege, die immer und immer wieder gegen die Scheibe dosselt, no way.

Aber das Vorbewusste ist schon irgendwie erreichbar, das fällt einem ein, wenn man nach Zusammenhängen sucht, aber genauer kann ich das auch nicht klären, vielleicht der Hepp, aber der ist jetzt gerade beschäftigt, da sollte man ihn nicht stören.

Das hatte sich gelohnt mit der Kantstraße, weil endlich ist dem Hepp mal wieder etwas klar geworden, und wenn Sie jetzt finden, na ja, so spektakulär ist das ja jetzt auch wieder nicht, dann möchte ich Sie mal in so einer Situation erleben, ehrlich. Also, direkt gegenüber dem Behindertenparkplatz war ein Staubsaugerwerbeplakat mit dem Spruch »Herr im Haus«.

Jetzt glaube ich nicht, dass Sie verstehen, warum das den Hepp weitergebracht haben soll, aber Sie haben ja wahrscheinlich auch nicht das gleiche SMS-Aphorismen-Abo wie der Hepp. Der Hepp hätte es auch nicht, aber er hat es beim Ausprobieren mit seinem neuen Handy eher aus Versehen abgeschlossen, und jetzt erklär mal einer dem Hepp, wie man so etwas wieder abbestellt. Jetzt hat sich das Aphorismen-Abo zum ersten Mal bezahlt gemacht, obwohl, 3,70 Euro in der Woche, da muss die Erkenntnis schon gewaltig groß sein.

Wenn jetzt ein Psychiater das Denken vom Hepp beschreiben sollte, dann würde er wahrscheinlich sagen, der Hepp ist ein bisschen assoziativ gelockert, aber das ist nichts Schlimmes, das braucht keine Behandlung. Für einen Therapeuten ist das sogar noch einigermaßen brauchbar, weil wenn der Therapeut genauso einbahnstraßig und verbohrt denken würde wie der Patient, also mit dem Patienten immerzu an die Scheibe dosseln, dann kann der Patient auch gleich mit einem Kassettenrekorder sprechen, falls es so was heute überhaupt noch gibt, das weiß ich jetzt nicht genau.

Der Hepp hat jedenfalls sein Handy extra rausgeholt, um den Spruch ganz richtig nachzulesen, der ihm bei der Staubsaugerwerbung eingefallen ist. Da hatten sie ihm vor einer guten Woche eine »chinesische Weisheit« geschickt: »Wer die Welt in Ordnung bringen will, gehe zuerst dreimal durchs eigene Haus«.

Und wegen der assoziativen Lockerung ist dem Hepp eingefallen, dass ja auch der Freud gesagt hat, dass die Psychoanalyse dazu dienen soll, dass man wieder der »Herr im eigenen Haus« wird. Das müssen Sie jetzt nicht alles verstehen, weil ich habe das beim Aufschreiben auch nicht recht verstanden, aber nachher werden wir das dann schon verstehen.

Selbst wenn sie jetzt noch Dienst gehabt hätte, so schnell hätte die Politesse gar nicht ihr Blöckchen zücken können, wie der Hepp aus dem Behindertenparkplatz gedriftet ist. Also driften, das ist jetzt vielleicht ein bisschen übertrieben, weil ein Fiat ist nicht Lightning McQueen und der Hepp kein Evel Knievel, nur, wenn hier schon keine Verfolgungsjagd vorkommt, dann brauchen wir wenigstens so einen Drift, weil ohne Stunt-Einlage wird das alles hier nie und nimmer verfilmt.

Also in Wirklichkeit ist der Hepp einfach ausgeparkt, um ganz ehrlich zu sein. Und dann war er schon daheim, saß auf seinem Sofa und wartete auf Caroline. Der Hepp war sich plötzlich sicher, dass er nur hier und mit der Caroline mehr Ruhe finden würde, das war die Sache mit dem Herr im eigenen Haus, durch das man dreimal gehen soll.

Und so war es dann auch, weil als er der Caroline alles erzählt hatte, hat die nur gesagt: »Du musst doch einfach nur darüber nachdenken, wie dieser Noel mit dir kommuniziert hat. Der wird das doch nicht am letzten Tag seines Lebens geändert haben.«

Und da hat sich der Hepp das Notizbuch noch einmal ganz genau angeschaut, und er hat sich die letzte Zugverbindung nochmal fein säuberlich aufgeschrieben, und zwar ganz genau so, wie sie der Noel in sein Buch gekritzelt hatte:

Tangermünde	ab	07:05	RB, IC, S, ERB	Umsteigen in Stendal, Hannover, Paderborn
Geseke	an	11:03		
	ab	11:34	ERB, RE	Umsteigen in Soest
Essen	an	13:07		
	ab	13:16	S	
Hattingen (Ruhr)	an	13:32		
	ab	14:07	S, RE, NWB	Umsteigen in Essen und Krefeld
Kevelaer	an	16:06		
	ab	16:21	NWB, EC, RE	Umsteigen in Düsseldorf und Dortmund
Meschede	an	19:40		
	ab	19:43	RE, RE, RB	Umsteigen in Hagen und Erkelenz
Herrath	an	23:21		

Der Noel hat ja irgendwie gar nicht kommuniziert mit mir, hat der Hepp noch gedacht, bevor er auf dem Sofa eingeschlafen ist. Der hat mit sich selbst kommuniziert, aber nicht mit mir. Das ist keine Botschaft an irgendjemanden. Der Noel war Autist, Hepp. Ich muss aufhören, nach einer Botschaft zu suchen. Der Noel hat vielleicht etwas protokolliert, im besten Fall, eine Art Tagebuch in Noeldeutsch, aber …

Und dann hat die Caroline ihn zugedeckt mit der Kamelhaardecke und hat sich schnell frisch gemacht, weil sie musste noch zu so einer Art Besprechung.

17

Jetzt habe ich oben noch etwas vergessen, als ich gesagt habe, es hilft nichts, nur Drogen, Hypnose oder Psychoanalyse. Weil manches Mal hilft auch Schlafen. Aber nicht einfach blöd vor sich hinschlafen wie die Löwen im Zoo, sondern schon Schlafen mit Arbeiten dabei, also Träumen. Du kannst nicht erwarten, dass du am Morgen aufwachst und mit einem Mal weißt, ob du deinen Jungen Cosmo oder Rayk nennen sollst, und zwar nicht nur, weil beides schon aus Kinderschutzüberlegungen heraus nicht infrage kommt, sondern auch, weil dein psychischer Apparat schon auch ein bisschen arbeiten muss für die Auflösung, und dann träumst du zum Beispiel, dass du an einem langen Strand spazieren gehst, und ganz am Ende steht eine Strandbar, nur, du kommst nie an, aber die Strandbar heißt »Rayk's Sunset« oder halt in Gottes Namen »Cosmo's Beach«, aber egal, du kommst ja eh nie an, weil plötzlich eine große Welle kommt und die Bar ins Meer spült, und dann wachst du schweißnass auf, und dein Therapeut freut sich, weil das bringt wieder mindestens drei Sitzungen.

Der Hepp war am frühen Abend eingeschlafen, und da konnte er auch gut um halb drei aufstehen, weil ausgeschlafen zwar nicht, aber an Schlafen war eh nicht mehr zu denken, im Gegenteil, am liebsten wäre er jetzt direkt durch die Betonwand zum Poltrone und hätte ihm gesagt, was wirklich passiert ist. Weil der Hepp hat plötzlich gewusst, wer es war, Motiv keine Ahnung, aber wer es war, das war klar. Da sieht man mal, wie es sich lohnt, beim Schlafen zu arbeiten, psychisch.

Der Hepp hat – wenn man das alles nicht wüsste – einen echten Scheiß zusammengeträumt. Die Politesse hat ganz schrill gelacht in seinem Traum, weil die Eltern vom Nico in der Kantstraße den Jenal umgefahren haben, aber rückwärts, weil alle fuhren mit einem Mal rückwärts und immer ganz ruckelig, aber die Eltern vom Nico haben aus ihrem Auto herausgerufen: »Gut so, richtig so.« Und da war der psychische Apparat fertig mit der Arbeit und er hat den Hepp geweckt und gesagt: »Fertig, Hepp.«

Und da ist der Hepp etwa so sanft aufgewacht, wie wenn das Kamel vor ihm stehen würde und lautstark die Haare zurückverlangen würde von der Decke, die er der Caroline vor ein paar Jahren mal zu Weihnachten geschenkt hatte, gewissermaßen aus Rache, weil Kamelhaardecke ist die letzte Stufe vor diesen Ganzkörperwohnanzügen aus Schurwolle, in die sich alte Leute eintüten müssen, wenn die Rente mal wieder nicht für die Heizkosten gereicht hat.

Der Hepp hat das Kamel zur Seite geschoben und nervös die Zugverbindung gesucht. Und jetzt hat er alles verstanden, was der Noel da protokolliert hat, aber eigentlich hätte er sich den dummen Traum und sogar das Kamel sparen können, wenn er nur der Caroline recht zugehört hätte.

18

Nachts um drei sehen Kreisverkehre aus wie ein Fußballstadion von Montag bis Freitag, hat der Hepp noch gedacht, aber er war sich nicht sicher, ob das geistreich oder richtig oder vielleicht sogar beides war. Jedenfalls war nichts los im Kreisverkehr, aber der Radius musste sich mit der Dämmerung verfünffacht haben oder verzehnfacht. Der Hepp fuhr jetzt schon ewig in diesem dummen Kreisverkehr, aber die Ausfahrt zum Waldsonnenheim wollte und wollte nicht kommen.

Aber das ist natürlich auch schwierig, weil wenn du dich mal in eine Idee verrannt hast, dann ist das ungeheuer anspruchsvoll, die Sache anders zu sehen, wie bei diesem Vexierbild, wo deine Frau dich fragt, siehst du denn nicht die beiden, die sich küssen, und du siehst aber wieder mal nur den Kerzenständer. Oder eben wieder wie die Fliege an der Scheibe, das ist jetzt richtig merkwürdig, was für eine Rolle die plötzlich hier spielt.

Wenn du also glaubst, du bist im Kreisverkehr, dann fällt dir auch gar nicht auf, dass es gar keine Straßenlaternen mehr gibt und dass die offenbar beim Umbau alle Ausfahrten durch Sitzreihen ersetzt haben, so was Merkwürdiges. Als der Hepp zum dritten Mal an der Auswechselbank vorbeigekommen ist, da hat er dann schon langsam gemerkt, dass man offenbar das Stadion genau dorthin verschoben hat, wo früher sein Kreisverkehr war. Und das ist dem Hepp schon peinlich gewesen, das hat er später gar niemandem erzählt.

Nur weil du eine Erleuchtung hast, darfst du noch lange nicht nachts eine Jugendliche wecken. Yasmin schon gar nicht, die war nämlich wahrscheinlich gerade erst eingeschlafen, weil Schlafstörungen für eine gesamte Altenheimbewohnerschaft zusammen, aber natürlich »Keine Medis!«, da hat der Hepp reden können, so viel er wollte.

Und wenn der Hepp mit seinen Erwachsenensätzen daherkam, dass ja das Kiffen auch eine Art »Medis« ist, und warum das geht, aber nicht das, was er ihr anbietet, dann hat er die Antwort auch schon selber gewusst, sogar besser als die Yasmin, weil die polterte nur: »Das ist etwas ganz anderes.« Aber er wusste natürlich, es geht um die Kontrolle und nur um die Kontrolle.

Yasmin schlief jetzt sicher noch oder endlich, weil sie hat dem Hepp mal erzählt, sie schläft nie vor zwei Uhr ein, weil sie so viel grübeln muss, und das hat dem Hepp richtig leidgetan. Es ist ungerecht, dachte er – die einen brauchen nicht mal eine Kamelhaardecke, nur ein Sofa, schon sind sie weg, für die anderen fängt mit der Dunkelheit die Karussellsaison an, oder bei Yasmin wohl eher Geisterbahn, aber du darfst am Schluss nicht aussteigen, weil die haben dich in deinem Gruselwagen festgebunden, und du musst dir den ganzen Mist nochmal anschauen. Und danach dann gleich nochmal.

Der Jenal hatte heute wieder Nachtdienst, und der Jenal hatte wenig Mühe mit Einschlafen; sobald Rantha jedenfalls ihre Medis genommen hatte, war er ins Bett gegangen, und der Jenal war jetzt eher einer von denen, die gar nicht wussten, wie es in so einer Geisterbahn aussieht. Die Jugendlichen haben sich dann nachts immer im Zimmer vom Nico getroffen und Party gemacht. Deswegen hatten sie den Jenal auch so gern. So halb jedenfalls. Oder zumindest nachts, wenn er schlief.

Der Hepp hatte einmal einen Artikel geschrieben über Chronobiologie des Schlafes bei Jugendlichen, also wann Jugendliche einschlafen und wann sie aufwachen und warum überhaupt. Da hatte er beim Recherchieren den Satz gefunden von einer bekannten Professorin, dass die Jugendlichen nicht etwa nicht schlafen können, weil sie in der Disco sind, sondern dass sie in die Disco gehen, weil sie nicht schlafen können.

Er hat damals dann mit der Professorin den Artikel geschrieben, und ich weiß nicht, ob ich das alles richtig verstanden habe, weil es waren unglaublich viele Fachwörter drin, aber ich glaube, sie hatten herausgefunden, dass Jugendliche im Vergleich zu Kindern und zu Erwachsenen einen verschobenen Schlafrhythmus haben, und deswegen sind die um zehn noch nicht müde, sondern erst um eins, und morgens kommen sie nicht aus dem Bett, umso mehr, weil sie auch noch mehr Schlaf brauchen als Erwachsene.

Aber wenn sie dann erwachsen werden, dann ändert sich das wieder, Gott sei Dank. Als sie dann ins Kultusministerium eingeladen wurden, die Professorin und der Hepp, da saßen da zwanzig, dreißig Frühaufsteherrektoren, die alle ihre Köpfe schüttelten, als hätten sie unheilbaren Halsmuskulaturparkinson, da konnten sie ihre Forderung nach einem späteren Beginn der Schulzeit für Jugendliche grad vergessen.

Der Jenal hat nichts davon mitbekommen, dass der Hepp in seinem Büro saß. Der Hepp war ja auch nicht sehr laut, weil er hat eigentlich nur einmal ein Geräusch gemacht, beim Auffalten vom Yasmingedicht, und das war sehr leise gewesen. Und in der nächsten Stunde hat der Hepp nur gelesen und gedacht, ohne Geräusch gedacht. Da hat er seinen Kopf auf die Hände gestützt, und der Kopf fühlte sich dreimal schwerer an als ein Poltroneschädel, weil Hepp jetzt nicht etwa müde, sondern vor allem bedrückt, und wenn du bedrückt bist, macht das Denken den Kopf schwer, und wenn du manisch bist oder verliebt, dann leicht.

Da muss es einen Zusammenhang geben zwischen Noels Fahrplan und dem Gedicht, aber ich komm nicht drauf. So füllte die Stille des Nachdenkens das Büro vom Hepp, und das Gedicht flog in einzelnen Wörtern durch den Raum, die prallten von den Wänden und – ja – auch von der Scheibe ab, flogen zurück auf den schweren Heppkopf, sammelten sich wieder, nahmen neuen Anlauf, und der Hepp hat sich überhaupt nicht bewegt auf seinem frühmorgendlich geduldigen Schreibtischstuhl, obwohl die siebenundzwanzig Wörter wie nervöse Stukas im Zimmer unterwegs waren.

Ritzen statt Schwitzen
Ich schwitze Blut.
Mühsam wehrte ich mich.
Dann wurde mir warm.
Du fandst es heiß.
Mir war kalt.
Blutschweiß ist Not.
Es ist gut.

Der Hepp hat das Gedicht wieder und wieder gelesen, der reinste Lyrikkreisverkehr, und immer wieder hat er vor Ratlosigkeit den Kopf geschüttelt wie die reinste Bundesrektorenkonferenz, aber nur innerlich, nach außen hätte nicht einmal die Blonde eine Bewegung ausmachen können. Und dann muss er irgendwann doch eingeschlafen sein, weil als die Yasmin reinkam, lag der zentnerschwere Kopf auf der Tastatur, und das muss eine ganze Weile so gewesen sein, weil »R«, »T«, »F«, »G« und ein halbes »H« hat man über dem Jochbein genau sehen können, aber zum Glück ist wenigstens sein Speichel direkt zwischen der »Caps lock«- und der »Shift«-Taste abgeflossen.

Das bringen sie dir natürlich in einer Psychotherapieausbildung nicht bei, wie man aus dem Schlaf heraus ein Gespräch mit einer Jugendlichen beginnt, die morgens um sechs plötzlich vor deinem Büro steht, und das soll jetzt kein Vorwurf sein, weil die Ausbildungsinstitute können ja auch nicht mit allem rechnen.

Da muss man dann als Anfänger halt auch mal ein bisschen improvisieren oder wie der Hepp einfach losreden, weil wie in der Bibel: »Sorgt euch nicht, was ihr reden sollt, sondern was euch in jener Stunde gegeben wird, das redet.«

»Yasmin, so eine Überraschung«, hat der Hepp gesagt, und das war es halt offenbar, was ihm in jener Stunde gegeben worden ist.

»Was machen Sie denn hier? Um die Zeit?«

»Das hätte ich dich jetzt auch fragen wollen.«

Aber die Yasmin kannte natürlich die Tricks, mit denen Psychiater eine Frage loswerden wollen. »Ich hab zuerst gefragt.«

Und dann hat sie gesagt, dass sie nicht schlafen kann, das war natürlich ein bisschen schwach von der Yasmin, weil da hat sie ja seine Frage doch beantwortet, aber auch der Gerd Müller hat sich ja manchmal durchgedribbelt und dann doch drübergeschossen.

Der Hepp musste entschieden aufpassen, dass er nicht von diesem Elend betäubt wird, das aus Yasmins Blick herausfloss so wie Hepps Speichel jetzt doch unten aus der Tastatur, wie peinlich. Die war schon himmeltraurig, die Yasmin, wie sie da in ihrem verkruschtelten Pyjama in der Tür stand. Der Hepp hat etwas Väterliches gespürt, am liebsten hätte er der jungen Frau jetzt und sofort, hier in seinem Büro morgens um sechs, alles gegeben, was andere sechzehn Jahre versäumt haben. Aber er wusste, das kannst du nie mehr auffüllen.

Die Yasmin hatte schon als Säugling nicht das bekommen, was du zum Überleben brauchst, aber halt doch zu viel, um zu sterben. Weil ich weiß nicht, ob Sie das interessiert, die Psychoanalytiker sagen, dass das Baby ein Allmachtsbedürfnis hat, größer als alle Gaddafis und Husseins und Apples zusammen, weil wenn du so in deiner Gebärmutter herumschwimmst, das ist wie mit der Kate Winslet vorne auf der »Titanic« und die Arme ausbreiten, und die Céline Dion singt so schön, und du bist der König, weil draußen gibt es nichts als das leckere Fruchtwasser und das Bumbum-bumbum-bumbum-von-oben-und-weiche-Gummiwand-herrlich.

Und dann holen sie dich da raus, gemein, und kein Warm mehr, Fruchtwasser weg, auch noch selber atmen muss man, Gummiwand auch weg. Jetzt wenn deine Mama das weiß, dann wird sie halt versuchen, dass du es trotzdem noch halbwegs schön hast, statt Gummiwand bekommst du ein Knuddeltier, das so groß ist wie du, und statt Bumbum singen sie dir »La-Le-Lu« und statt Fruchtwasser Milch oder Alete-Gläschen. Nicht super, aber noch genug Gaddafi, nur manchmal muss man weinen, wenn man es merkt, dass die beste Zeit des Lebens schon vorbei ist.

Immerhin siehst du jetzt mehr als vorher, zum Beispiel die Riesengesichter von oben, die so blöd lächeln und alles übertreiben, weil wenn du weinst, dann gucken die Riesengesichter trauriger als damals, als der Leonardo DiCaprio untergegangen ist, und mindestens die Mama hat damals schon ordentlich traurig geschaut. Und wenn du die Windel vollgemacht hast, dann sagen sie »Prima« und tun so, als wäre es schon wieder Weihnachten und du hättest für sie die feinste Kamelhaardecke in deine Windel gemacht.

Eigentlich ja ziemlich grotesk, das alles, aber da kommen eben die Bindungsforscher und die Psychoanalytiker und sagen: Genau das ist eben richtig, weil der schönste Gaddafi bringt halt nichts, wenn es kein Volk gibt, das ihm zujubeln muss, und die tun das ja auch grotesk, weil hast du schon mal die Schlange vor dem Apple-Store gesehen, die stehen da, als gäbe es da vorne den Erbsegen vom Hussein persönlich.

Und jetzt liegst du da in deiner Wiege als kleiner Muammar, und wenn du »bäh« machst, gucken sie, und wenn du »hähä« machst, gucken sie anders, und wenn du Kacki machst, dann freuen sie sich. Das nennt man dann Spiegelung, und das hat der Hepp auch alles gewusst, weil das brauchst du eben nicht nur als Säugling, sondern auch als Großer. Wie wenn die Lisa sagt »Du bist schon immer noch so einmalig wie damals im Nachtdienstzimmer, Heppi«.

Aber bei der Yasmin, da war eben keine Spiegelung, weil die Mutter war mal da und mal nicht, und manchmal war sie besoffen, manchmal stoned, aber sie hat es ja eigentlich recht gemeint, nur, sie hat es einfach nicht geschafft, und das eingestehen, das fällt so jemandem natürlich schwer, und Ihnen würde das auch schwerfallen und mir auch.

Jedenfalls hat die Yasmin eben keine Gaddafi-Zeit gehabt, seit sie da war, und jetzt gibt es mehrere Möglichkeiten, die du hast: sterben – ist aber nicht so einfach. Und kann man dann immer noch. Zurückziehen, am besten in die Gebärmutter zurück. Gebärmutter ist aber zu.

Aber so ähnliche Sachen gibt es schon, später dann: ins Bett zurückziehen, dann nennen sie das irgendwie Depression, und zwar sogar schon Säuglingsdepression, auch wenn Sie das jetzt nicht glauben. Was sonst noch? Dick werden vielleicht, wie dauernd Alete-Gläschen, und dabei auch noch praktisch, weil Gummiwand immer dabei, egal wo du bist.

Andere Möglichkeit: dauernd besoffen sein oder bekifft, ist zwar keine süße Milch, aber Fläschchen immerhin und saugen wie damals, und danach ist alles anders, ich meine, warum nuckeln diese ganzen Jugendlichen die ganze Zeit an ihren Energy-Drinks und an ihren Saugflaschen mit unnützen isotonischen Getränken?

Jedenfalls, wenn du besoffen bist oder bekifft, dann ist das wieder ein bisschen so wie damals mit dem Bumbum-bumbum-bumbum und mit den gedämpften Tönen durch den Mamabauch und schön warm und alles egal, weil du bist der Super-Gaddafi.

Du kannst dich natürlich auch in die Psychiatrie zurückziehen, da ist auch viel Schutz, und früher gab es dort sogar auch noch Gummiwände, und sie sorgen gut für dich, wenn du nicht schlafen kannst, weil die Gespenster von früher rund ums Bett stehen, dann geben sie dir verschiedene chemische Sachen – so wie die Mama dir ein Kuscheltier oder ihre Hand hätte geben sollen.

Oder andere Möglichkeit: Karriere machen, das ist dann auch Gaddafi-Gefühl, zum Beispiel in der Bank. Aber schwierig, weil da sind schon so viele, die ein paar Jahre Vorsprung bekommen haben. Autos aufbrechen etwas einfacher; dann bist du halt nicht der DiCaprio, nichts mit »Ich bin der König der Welt«, aber der König von Duisburg-Marxloh (Süd). Und irgendwann zur Belohnung auch wieder in die Sicherheit, nämlich Gefängnis, wenn es gut geht, aber natürlich würdest du nie sagen, dass du dich in die Gummizelle oder ins Gefängnis wünschen würdest, weil es da so schön ist wie damals in der Gummimama, weil du weißt es gar nicht, das wissen nämlich nur die Psychoanalytiker, und wenn sie das erzählen, dann sehe ich schon die Leute, die dann wieder mit den schraubenden Handbewegungen daherkommen.

Die Yasmin hat ihren Weg natürlich auch gefunden, und damals im Bordell, da war sie für ein paar Momente die Königin, klar, das kann man sich ja selbst dann noch vorstellen, wenn man keine sexuellen Spezialneigungen hat. Die feisten Verwaltungsangestellten und die ausgehungerten Vorstadtfilialleiter lagen dem Mädchen zu Füßen, als wäre sie der Saddam persönlich und würde das neue iPhone gratis verteilen. Kurz Saddam, oder Muammar. Aber eklig halt.

Da war die Yasmin schon hin- und hergerissen, weil bewundert werden, das ist leckerer als das beste Fruchtwasser und zehn Alete-Gläschen zusammen, aber das hat auch die Yasmin gemerkt, als Baby musst du dafür nicht bezahlen, das bekommst du umsonst, einfach weil du bist.

Als Jugendliche bezahlst du halt für Bewunderung, selbst für das Geld, das sie dir geben, zahlst du. Und dann ist es egal, ob der Preis nur heißt »Du stehst auf der großen RTL-Showbühne und alle im Land lachen über dich«, oder »Wir machen nur ein paar Fotos hier in der ›Hütte‹«, oder ob es anders teuer ist.

Als sie sie dann aus dem Puff gezogen hatten, die Yasmin, da war das mit einem Mal weg, und ab da hat die Yasmin das anders gemacht; ein bisschen Schnittmusterbogen auf dem Unterarm, der Schmerz ist der Preis, aber die Belohnung ist gut: Das Blut ist warm wie das Fruchtwasser, und irgendwie ist für einen Moment auch alles anders, und dann gucken sie alle wieder, die Riesengesichter, besorgt, vorwurfsvoll, traurig, entsetzt, hilflos, wie die reinsten Mamas.

Auf jeden Fall guckt überhaupt jemand, selbst wenn es der Vollopfer-Hepp ist, besser als gar niemand. Und ehrlich gesagt sogar noch ganz gut, der Vollopfer-Hepp, aber nie zugeben!

»Weißt du, dein Gedicht, Yasmin. Ich weiß auch nicht. Ich glaube, du hast recht, ich habe keine Ahnung. Überhaupt keine.«

Und dann schweigen diese Jugendlichen ja immer. Yasmin auch.

»Ich weiß noch nicht einmal, ob ich recht habe, wenn ich glaube, dass das etwas mit der Sache mit Herrn Wieland zu tun hat.«

So können das wirklich nur Psychiater, nämlich eine Frage zu stellen ohne ein Fragezeichen. Weil die Fleischereifachverkäuferin würde nie auf die Idee kommen, zu sagen: »Ich frage mich, was Sie wohl dazu sagen würden, wenn es 43 Gramm zu viel wären.«

Aber Psychiater fragen so. Und dann antwortest du sogar als Jugendlicher. Das ist frappant, aber selbst die Yasmin hat darauf was gesagt, nämlich: »Vielleicht.«

Und das heißt in Erwachsenendeutsch natürlich: »Ja, Herr Doktor Hepp, es hat etwas damit zu tun, fragen Sie weiter.«

»Ich glaube halt, dass du mir dabei helfen musst, weil dummer Doktor, hm …«

Jetzt wenn Sie schon mal mit so einem Jugendlichen gesprochen haben oder vielleicht sogar mal einen bei sich zu Hause herumhängen hatten, dann wissen Sie, das kann sehr mühsam sein, bis du da etwas erfährst, nämlich zum Beispiel, was das für ein Plastiksäckchen ist, das Sie da beim Abstauben zwischen den Tagebüchern gefunden haben, also als Sie ehrlich gesagt ein bisschen in den Tagebüchern nach dem Grund gesucht haben, warum die Nicole so verschlossen ist seit ein paar Wochen. (Antwort: wegen Misstrauen gegen Sie.)

Weil bei den Erwachsenen, da fragt man eher so: »Was bedeutet das Gedicht?«

Und dann antwortet der Erwachsene: »Es bedeutet, dass ich nicht in die Sauna will.«

Nur, wenn ich das jetzt alles so aufschreiben soll, wie der Hepp und die Yasmin das miteinander besprochen haben, dann sitzen wir beide hier, bis der Jenal wach ist, und deshalb überspringe ich jetzt einfach mal ein paar »Vielleichts« und

»Keineahnungs« und »Weißnichts« und mache dort weiter, wo der Hepp fragt: »Wer hat denn gesagt, dass du in die Sauna sollst? Der Wieland?«

Und das ist von der Fragetechnik her falsch gewesen, klar, weil Suggestivfrage, aber dem Hepp wäre ja nie im Leben in den Sinn gekommen, dass der Meschke wollte, dass die Yasmin in die Sauna kommt, beim besten Willen nicht. Und dass der dicke Wagenbauer auch unten im Keller stand mit einem Handtuch um die Hüften in der Größe eines Bundeswehr-Versorgungszelts, das hat er sich genauso wenig vorstellen können.

Aber wenn das so war, dann hat der Hepp natürlich verstanden, warum die Yasmin sich an dem Abend geritzt hatte, und zwar Schnittmusterbogen fünfmal »Lustiges Pilzkostüm Größe 98« nichts dagegen. Weil so viel Blut, das versaut dir das Motiv, oder sagen wir so, solche Fotos muss man dann in anderen Foren einstellen, und da kannte sich der Meschke nicht so gut aus.

Außerdem hätte Yasmin ja Glück haben können – und der Doktor Hepp merkt was, während er sie verbindet. Warum musste der ausgerechnet an dem Abend in die Oper? Und warum hat er die komische »Wer wird Millionär?«-Frage gebracht und hat ihr auch noch C in den Mund gelegt?

Dem Hepp war auf einen Schlag klar, wie sehr er versagt hatte. Er hätte es abwenden können. Er verfluchte den Pharmariesen, aber das war natürlich nur eine Verschiebung: Er selbst hatte die Prioritäten so gesetzt, und solche Entscheide kannst du nicht revidieren.

Jetzt könnte man sagen, der Meschke und der Wagenbauer hatten doch schon von damals in der »Hütte« genug

Fotos von der Yasmin, aber das brauchen Sie gar nicht zu fragen, ich kann Ihnen das auch nicht beantworten, warum es immer wieder so Leute gibt, bei denen findet man dann fünfzehntausend kinderpornografische Fotos. Das kann man ja gar nicht alles durchschauen, aber darum geht es ja nicht, weil der Mensch ist eben ein Sammler, und der Meschke und der Wagenbauer waren halt auch Sammler in dem Sinn. Nur halt nicht Panini, sondern Mädchen.

Dass an dem Abend ausgerechnet der Wieland zum Saunieren in den Keller kam, das war natürlich nicht berechnet, weil eigentlich wäre ja Heimleitersitzung gewesen, die hat der Wagenbauer ja extra auf den Montag legen lassen. Nur das war jetzt ein Fehler vom Wagenbauer seiner Sekretärin, dass die aus Versehen eine Rundmail gemacht hat, dass nächste Woche die Heimleitersitzung ausfällt.

Trotzdem hätte der Wieland nicht in den Keller kommen dürfen, gar keine Frage, und da hat der Ingenieur Meschke gesagt, das war jetzt der Fehler vom Noel, weil sie haben ihm ja extra deswegen, weil er so schön immer aufgepasst hat, alle möglichen Substanzen besorgt und sogar geschenkt, und der Noel hat wohl geweint, sagt die Yasmin. Weil der Wagenbauer hat gesagt, der Noel muss raus aus dem Waldsonnenheim, wenn das alles rauskommt, und dann gibt es eh nur noch geschlossene Heime, tut mir leid, aber das kannst du mir glauben, Noel, ich kenne die Heime, fürchterlich.

Aber wenn der Herr Wieland das niemandem erzählen kann und er und die Yasmin auch nichts sagen, dann könnte man das sicher so hindrehen, dass es ein Unfall war, und dann gibt es bald einen neuen Heimleiter. Dem Wagenbauer selbst ist wahrscheinlich ja auch klar geworden, dass es jetzt für seine weitere Karriere nicht die Super-Vitamin-Spritze ist, wenn herauskommt, was er da für Genießerabende mit dem Herrn Ingenieur im Waldsonnenheim veranstaltet.

Dann hat die Yasmin gemerkt, dass der Herr Wieland von innen gar nicht mehr gegen die Saunatür drückt, weil wenn der Herr Wagenbauer einmal beschlossen hat, da stehe ich jetzt, dann kann deine Frau schon mal die Lebensversicherungspolice raussuchen, das war klar, und selbst wenn der Herr Ingenieur Meschke jetzt die Yasmin nicht festgehalten hätte, da hätte sie auch nichts machen können.

Weil der Meschke hat viel Zeit gehabt, als er die Yasmin festgehalten hat, und da ist ihm eine prima Rede eingefallen, nämlich schau mal, das schöne Geld, das du dir verdient hast, ist dann weg, aber das ist ja nicht so schlimm, wenn man eh kein Geld mehr braucht, weil Mädchen wie dich tun sie sowieso auf so Erziehungsschiffe oder in so Camps in Korsika, wo sie die Jugendlichen zur Strafe auch mal in einen Wildschweinkäfig stecken, weil der Korse, da liegt die Kinderrechtskonvention auf dem Scheißhaus zum Arschwischen, und jetzt hör endlich auf, zu strampeln wie ein Säugling und hilf mit.

Irgendwann war es dann wohl ruhig in der Sauna, so wie es sich in einer Sauna gehört, und bis dahin hatte der Ingenieur Meschke einen neuen Plan entwerfen können, weil Meschke zwar ein Sauhund, aber klug, vor allem beim Planen. Erstaunlich, sogar unter Stress hat der Meschke noch klug nachdenken können, obwohl er ja darin von der Arbeit her überhaupt gar keine Übung hatte.

Der Meschke hat dem Noel und der Yasmin gesagt, er fürchtet, dass der Wieland wieder aufwacht und sich an alles erinnert, und dann geht es allen vier an den Kragen, mitgehangen mitgefangen. Der Noel soll die Flusssäure holen, die sie ihm letzte Woche geschenkt haben, weil sonst oje. Jetzt müssen wir das durchziehen, hat der Herr Wagenbauer gesagt, aber der Herr Wieland bekommt das eh nicht mehr mit.

Und der Noel hat das Glas mit der Flusssäure geholt, wie so ein Staubsaugerroboter, und als er wieder unten war, da war auch der Herr Wagenbauer wieder entspannt und hat sogar ein bisschen gelacht, sagt die Yasmin, und gesagt, man könnte dem Wieland das doch zwischen die Beine leeren, dann sieht es wie etwas Perverses aus, und dazu soll die Yasmin noch ein bisschen an seinen Armen herumschneiden, dann glaubt jeder, das war irgendwas Spezialsexuelles vom Wieland, aber da hätte besser mal der Meschke mitdenken müssen, weil ohne Messer und Glasgefäß in der Sauna war das ja nicht überzeugend, aber da hatte der Noel mit Wagenbauers Hilfe das schon ausgeleert, und der Herr Wieland habe nur ein bisschen gezuckt, aber kein Mucks, und die Yasmin hatte ebenfalls mit Wagenbauers Hilfe den Arm vom Wieland aufgeschnitten, bis das dem Meschke eingefallen ist, weil der Meschke war gerade damit beschäftigt gewesen, seinen Schlüpfer wieder anzuziehen. Der Noel hat ja nichts von Fingerabdrücken gewusst, aber der Meschke schon und wahrscheinlich auch der Wagenbauer.

Die Yasmin war völlig erledigt, und als der Jenal um halb acht hereinschaute, hat er es nicht so recht verstanden, warum die Yasmin heulend beim Hepp sitzt, und der Hepp schaut durch den Jenal durch mit einem Blick wie »Guten Tag, Gevatter,

Ihr kommt mich holen, ich hab mir den Zettel schon mal selber um die Zehe gebunden, ist das gut so?«.

Da hat der Jenal begriffen, das muss jetzt etwas sehr Wichtiges sein, und er hat den beiden Kaffee gebracht, und er hat es ja gut gemeint, der Jenal, und entschuldigt hat er sich nach dem kleinen Malheur auch und noch gesagt: »Zum Glück sind diese Handys ja heute alle wasserdicht, wenigstens, oder kaffeedicht, haha.«

19

Jetzt stört es mich ehrlich ein bisschen, dass Sie gerade jetzt nach der Lisa fragen und wie das weitergegangen ist, weil ich bin noch gar nicht so weit. Daran merkt man halt auch, dass Sie noch recht weit davon entfernt sind, ordentliche Psychoanalytiker zu sein, nur weil Sie jetzt mal so sechs, sieben Abwehrmechanismen kennen – was Ihnen fehlt, ist die Geduld, ich meine, wie wollen Sie denn so aufgeregt achthundertfünfzig Stunden mit der neurotischen Kulturwissenschaftsstudentin aushalten? Die Lisa kommt schon noch mal, aber das geht jedenfalls nicht gut aus, falls Sie dann den Schluss lieber nicht lesen wollen.

Aber erst mal ist der Hepp ja zum Poltrone gefahren. Und wenn du dich daran gewöhnt hast, dass ab sofort alles anders ist, dann ist es ganz schwierig, dich in so kurzer Zeit wieder umzugewöhnen, aber der Hepp war ja auch müde, sonst wäre er ja heute in der Früh nicht im Stadion gelandet.

Also kann man dem Hepp keinen Vorwurf machen, dass er im Kreisverkehr einfach geradeaus gefahren ist, weil er hat das wirklich mit der Kantstraße verwechselt. Nur, wenn man so eine Geschichte hört, dann kann man glaub ich nicht mehr normal reagieren, auch als Psychiater nicht. Und selbst wenn er es gemerkt hätte, der Hepp, wahrscheinlich wäre er genauso erstaunt gewesen wie damals, als er anstatt des Hemds das neue wasserdichte Handy geschenkt bekommen hat.

Also klapperte der Fiat mitten über den Kreisverkehr, zum Glück hatten sie den Brunnen von dem brasilianischen Künstler abgerissen, weil sich die Anwohner an den dicken Brüsten und den langen Geschlechtsteilen so gestört haben, und sie haben einfach eine schöne ebene Fläche hingepflastert, weil Blumen immer Pflege, und das ist zu teuer. Immerhin war er so ein ganz kleines bisschen schneller beim Poltrone, der Hepp.

Der Poltrone hat gerade nichts getan, weil das muss es in einer Amtsstube auch mal geben, dass die Amtsperson nichts tut, gerade am frühen Morgen. Da hat ihn der Hepp fast ein bisschen gestört in seiner Ruhe. Die Blonde hat schnell einen Aktenstapel genommen und von links nach rechts geräumt, sodass es sehr geschäftig aussah, und sie hat gedacht, ich hab richtig Muskelkater im Arsch heute Morgen, und eben da platzte der Hepp herein.

»Herr Doktor, so eine Freude«, hat der Poltrone gelogen wie der reinste Radprofi, und er hat versucht, schnell wieder wie der Kennedy auszusehen, aber die Blonde hat ja die Verfassung gerade auf die andere Seite geräumt, und deswegen hat er irgendein Mäppchen vorgenommen und seine Hände darauf gelegt, und das war jetzt halt gerade die Hauszeitung »Revolverblatt«, und da war vorne drauf ein Bild vom Poltrone, weil er letzten Monat »Mitarbeiter des Monats« geworden war, wegen seines »großen Arbeitseinsatzes«.

Der Hepp hat dem Poltrone alles erzählt, was die Yasmin ihm gesagt hat, und er hat den Noel-Fahrplan herausgeholt:

Tangermünde
Geseke
Essen
Hattingen
Kevelaer
Meschede
Herrath

Und jetzt mal wie im Hepp-Traum rückwärts und holprig, also zum Beispiel nur die erste Silbe, holperholper:

Herr
Mesch
Ke
Hat
Es
Ge
Tan

Und da hat der Poltrone tatsächlich kurz so ausgesehen, als wäre er heute Nacht mit der Blonden unterwegs gewesen und die Nacht davor auch und die davor auch, aber der Poltrone Mitte fünfzig und die Blonde Anfang zwanzig. Und dann hat der Kommissar in seinen Unterlagen kramen wollen, aber er hat natürlich ins »Revolverblatt« gefasst, und er hat so ein bisschen dumm gelächelt und hat die Blonde angeherrscht, warum die Akten denn nicht da sind, wo sie hingehören, die Ermittlung sei doch noch nicht abgeschlossen, aber die Blonde war ja auch inzwischen eine Persönlichkeit, und sie hat gedacht »Leck mich am Arsch«, aber gesagt hat sie »Entschuldigung, Herr Poltrone«, und sie hat ihm die Verfassung so hingeworfen, dass das Poltronegesicht auf dem Revolverblatt vor Schmerzen geschrien hätte, hätte es noch schreien können.

»Wissen Sie«, hat der Poltrone gesagt, »das ist jetzt schade, weil da hätten Sie mir wirklich helfen können, als Psychologe. Das konnte ich nicht wissen, dass man bei diesem behinderten Jungen die Sachen alle rückwärts lesen muss. Wir haben da doch auch noch etwas gefunden in seinem Zimmer, wo hab ich es denn, wo hab ich es denn ...«

Und jetzt hätte der Hepp fast aus Versehen gesagt: »Meinen Sie einen Zettel mit einer Notiz von Noel?«

Der Poltrone hätte das wahrscheinlich gar nicht gemerkt, weil Psychiater sind ja eh ein bisschen merkwürdig, weil sie immer alles wissen. Aber es war trotzdem besser, dass der Hepp das nicht gesagt hat, weil der Poltrone hat den Zettel herausgeholt und etwa zehn Zentimeter zu hoch am Hepp vorbeigeführt und auf seinem Schreibtisch abgelegt, als wolle er dem Hepp eine IWC Grande Complication verkaufen. Und weil er besonders konziliant war, drehte der Poltrone den Zettel unaufgeregt um, sodass der Hepp lesen konnte »RETÄT NOEL«.

»Wissen Sie, dass ein geistig Behinderter mit der Rechtschreibung Mühe hat, meine Güte, das war uns beiden schon klar.«

Und die Blonde hat genickt, aber gedacht hat sie: »Du Arsch, ich hab doch gesagt, mit dem Zettel stimmt etwas nicht, wir sollten den Doktor fragen.«

»Nur, wenn ich das von Ihnen jetzt natürlich weiß, klar, dann sehe ich das anders. Weil dann heißt es ... heißt es ... jetzt warten Sie ...«

Und dann hat der Poltrone den Zettel rumgedreht, weil auf dem Kopf lesen lernen sie nicht in der Höheren Polizeifachschule, »... dann heißt es NOEL RETÄT. Ja, Noel Retät. Komisch, gell, Herr Doktor.«

»Oder LEON TÄTER«, hat der Hepp gesagt. Und der Poltrone hat ein rotes Gesicht bekommen und stolz gesagt: »Der Meschke heißt doch Leon, meine Güte, Gott sei Dank habe ich das nochmal aus der Akte geholt. Es war uns ja genauso klar wie Ihnen, Herr Doktor, dass da das letzte Wort noch nicht gesprochen ist. Aber die Kollegen von der Mordkommission hätten da fast das Kind mit dem Brunnen ausgeschüttet. Es geht einfach nichts über eine gründliche Ermittlungsarbeit, alte Besen rosten nicht, gell?«

Weil wenn du zweimal hintereinander Mitarbeiter des Monats wirst, dann bekommst du zwei Tage Extraurlaub.

20

Später haben sie dann herausgefunden, wie das war mit der Sauna. Ich weiß nicht, ob Sie das noch interessiert oder ob Sie nur noch das mit der Lisa wissen wollen oder ob der Jenal Heimleiter geworden ist, aber das ist Ihnen wahrscheinlich genauso egal wie mir.

Also was sie noch herausgefunden haben, war, dass der Wagenbauer damals dafür gesorgt hat, dass die Yasmin einen guten Heimplatz bekommt, möglichst in der Nähe, natürlich auch, weil sie doch hier aufgewachsen war und weil sie doch hier schon so viele soziale Bezüge hat. Und der Meschke hat sich überlegt, in der Hütte war es immer irgendwie schön in der Sauna mit der Yasmin, wir könnten doch im Waldsonnenheim auch eine Sauna einrichten, dann geht das aufs Budget »Sonderpädagogik«, weil irgendwie ist es ja im weitesten Sinn auch eine Art besondere Pädagogik. Aber der Wieland war sehr dagegen, damit hatte der Meschke nicht gerechnet, der war dagegen, und das, obwohl sie ihm die Idee mit der Yasmin ja gar nicht gesagt hatten.

Aber zum Glück hat der Wieland ja eine neue Garagenauffahrt dummerweise auf öffentlichem Grund bauen lassen wollen, und die Doppelgarage war natürlich auch genehmigungspflichtig, aber das kann ja ganz schnell gehen, wenn man die richtigen Argumente hat. Der Wieland hat sich damals wohl gedacht, also Garagenauffahrt und Doppelgarage, und dann habe ich eine Sauna im Heim, das schadet auch nicht, vielleicht kann ich ja selber mal dort saunieren.

Der Yasmin haben sie dann ein kleines Taschengeld bezahlt, nicht übermäßig, aber hundertzwanzig Euro im Monat für vier Fotoabende ohne Anfassen, das ist viel für so ein junges Ding, hat der Wagenbauer gesagt, und die Wäsche hat sie auch immer behalten dürfen, die der Wagenbauer gekauft hat.

Dann war aber bald schon die Sache mit dem Noel, der war in den Keller geschickt worden, ich weiß nicht, wofür, aber da hat er die Sache in der Sauna gesehen, und da haben sie ihn halt auch mal kurz in den Schwitzkasten nehmen müssen und dem Noel die neuen Spielregeln erklärt. Und der Noel hat das sehr gut verstanden, weil wenn du so in Panik bist, dann verstehst du die Erwachsenen sehr gut, auch wenn du Autist bist.

Dem Hepp war es zum Kotzen. Anders kann ich das nicht sagen. Und dann hat er den ganzen Tag nichts mehr gesagt. Er ist einfach in die Kantstraße gefahren, und er hat gewusst, jetzt braucht es ihn im Waldsonnenheim. Aber heute kann er nicht mehr, heute ist der Hepp tot. Weil er hat fürchterlich versagt. Ganz fürchterlich versagt. Weil das hätte er doch merken müssen. Und warum hat ihm das die Yasmin nicht erzählt? Wie war das mit dem Vertrauen? Was hat er sich denn da eigentlich eingebildet? Und der Noel …

Aber da hat er ganz vergessen, dass die Yasmin ihm erzählt hat, dass sie dem Noel gesagt hat: »Komm, wir gehen zurück ins Heim und erzählen es dem Hepp. Komm, Noel.« Aber der Noel hat das wahrscheinlich einfach nicht verstanden.

Kantstraße oder Lisa, das ist eigentlich egal, hat der Hepp am Abend gedacht, aber als er die Lisa anrufen wollte, ging sein Handy nicht mehr, wegen dem Kaffee vom Jenal und weil er es ja aufgeschraubt hatte, der Hepp. Da ist er halt zu ihr hingefahren. Er hat dann lange gezögert, ob er klingeln soll, und als die Lisa ihm an der Sprechanlage gesagt hat, es sei gerade ein bisschen ungeschickt, da hat er gewusst, dass die Lisa gerade Studentenunterricht gibt.